・一緒にお風
(髪を洗ったり、背中を流
・ベランダでキス
・手を繋いで歩く
・同棲開始の日は二
・あえて外で待ち合わ
器を増やす
旅行をするた

好きも積もれば恋となる

CROSS NOVELS

川琴ゆい華

NOVEL:Yuika Kawakoto

秋吉しま

ILLUST:Shima Akiyoshi

CROSS NOVELS

CONTENTS

CROSS NOVELS

CONTENTS

好きも積もれば恋となる

川琴ゆい華
Yuika Kawakoto
Illust 秋吉しま

CROSS NOVELS

□　1　□

ただでさえ憂鬱《ゆううつ》な週の始まりに、豊平継海《とよひらつぐみ》は出社して間もなく人生最大の苦境に立たされた。それから社員寮に帰宅して夜になっても、状況は変わらないどころかいっそうの混迷を極めている。

継海がテーブルを挟んで向かいに座る男——雨宮清史郎《あめみやきよしろう》を恨めしく見つめること十数秒、彼はその視線に怯むどころか、ひとつ息をついて余裕たっぷりにほほえんでみせた。

「豊平さんが自分で蒔いた種ですし……他に選択の余地なんてないと思います」

何も言い返せず、継海は奥歯を噛んだ。

そんなこと言われなくても分かっている。分かっているけど足掻《あが》きたい。そうせずにいられない。

彼が言うとおり『自分で蒔いた種』だろうと、往生際悪いと嗤《わら》われようと、この先の人生がかかっているのだから当然だ。

継海は奥歯に力を込めたまま眉をひそめ、「うううっ」と唸《うな》った。

「あ、泣きそう？」

「泣かねぇ！　でもなんで俺がっ、おまえと、男であるおまえと？　同棲しなきゃならないの？」

もう答えなど分かりきっている問いが口を衝く。そうするしかないと理解できても、納得できていないからだ。


さて、豊平継海がいったいどんな『種』を、どのようにして蒔いたのか――。

事の発端は、出社してすぐのこと。自分のオフィスにつながるドアの手前で、継海は直属の上司であるアパレル部門統括部長と課長に呼びとめられた。

継海が勤めるのは、メイド・イン・ジャパンに特化した高品質の商品を取り扱うアパレル企業『ジャパン・プロダクツ』だ。自社開発商品や、セレクト商品のネット販売を主軸としている。

製品の販売だけじゃなく、インディーズや小規模のブランドと国内工場をつなぐコンサルティング、企画から販売までのプロデュースを担うこともある。設立してまだ二十年という若い会社で、従業員は百五十名ほど。通販事業がとくに好調で、黒字経営を続けている。

継海はアパレル部門ディレクターの肩書きで、販売アイテムを企画、その販促や宣伝計画などトータルプロデュースする重要なポジションだ。アパレル部門には他にも数人のディレクターがいて、継海は自分のチームを束ねている。

「まぁ、端的に言えば『軽いお見合い』ってかんじだよね」

継海を呼びとめた統括部長・相模《さがみ》は、にこにこと愛想はいいが押しが強いタヌキ親父だ。その隣の課長・富山《とやま》は、神経質そうな顔つきでうんうんとうなずいている。

継海は内心で『今どき部下にお見合いを勧める上司なんている？』と思いながら、「ええ？」と愛想笑いをした。

「常務の話では、豊平くんのことをあちらのお嬢さんがえらく気に入ってくださってるらしくて」

重要なのは、この話には今ここにはいない常務の意向も含まれる、というところだ。

「それは身に余るほどの光栄ですけど、もっと若いやつのほうがいいんじゃないですか？」

愛想笑いのまま継海はオフィスへつながるドアを開けた。この話をまともに続ける気持ちはありません、との意思表示を暗に込めたつもりだ。

「豊平くんだってまだ二十八歳で、若いじゃない」

しかしふたりの上司は継海のあとからついてきて離れない。継海はそれを感じながら歩き続け、自分のデスクに着いて、椅子の座面に鞄を置いた。デスク周辺に軽い会釈であいさつしている横から、課長が顔を割り込ませてくる。継海は軽く仰け反った。

「先日の飲み会で、『おつきあいしている恋人はいない』って話をしてたよね」

「とはいえ豊平くんも、そろそろ、ちょっとは、結婚とか考える年頃だろう」

課長に続いて今度は部長が背後から顔を覗《のぞ》かせる。

まだ始業前。周辺のチームメンバーがこの状況に注目しているが、右隣の男、アシスタントディレクターである雨宮清史郎の様子は、ふたりの上司に阻《はば》まれて継海の位置から見えない。

「いやぁ……結婚なんて考えたことないですけど。それに、恋人も今はべつに……」

継海はにこっとほほえんでみせたが、上司ふたりは眉根を寄せている。

「きみ、そりゃちょっといろいろまずいんじゃないか」

人として、と人格否定されるニュアンスだ。

――朝からめんどくせぇ……。俺は、ひとりであることを、自由を、謳歌してるの！

継海は女性を恋愛対象としているが、つきあい始めても「やっぱひとりがラク」と思ってしまうため、まともに交際が続いたためしがない。だからもう「好きって言われたからつきあってみよう」などと、少し未来の自分に期待を託さないと決めたのだ。

その見合いだかデートだかを勧められてる相手の女性とは、仕事と先日の酒の席を含めて二度ほど顔を合わせたことがある。自社ブランドの主力であり、最たる売れ筋商品を生産している工場『ドゥファクトリ』の娘だからだ。

――仕事でも酒の席でも思わせぶりな言動はしてないはずなんだけどなぁ。

大切な工場のお嬢様で、いずれはその会社の重要なポジションを担うであろう人なのだから、飲み会でもディレクターとして死ぬほど気を遣っただけだ。他意はない。恋が生まれる予感も期待もゼロだ。

「デートなんてしたら、心証を悪くしちゃうかもしれませんし」

その可能性が高いので、事実をお伝えする。

なかなか折れない継海に業を煮やしたのか、「豊平くん、ちょっとこっちへ」と打ち合わせ用に置かれた壁際のテーブルのほうへと部長に誘われた。

目の前のデスクの女性社員・田島《たじま》が『お気の毒』というように目線を上げる。こんなときは彼女みたいに結婚している人が羨《うらや》ましい。

上司ふたりが移動したので、ようやく隣の雨宮清史郎の横顔が見えた。見事に知らん顔である。

「おまえ、俺のアシスタントなんだからなんとかしろよ」

去り際に腹立ちまぎれで、パソコンに向かっている清史郎にぼそっとパワハラをふっかけるが、清史郎はわずかに顔を上げただけだ。いつもより反応が薄いことにほんの少し違和感を覚えたものの、画面に集中しているせいだろうとさして気にもとめなかった。

いよいよ、継海は上司ふたりがかりで壁際に追い詰められた。

「きみ、わたしだってこんなこと言いたくないけどね。うちと『ドゥファクトリ』の関係を安泰にするため、みなまで言わなくても、きみひとりの問題じゃないことくらい分かるでしょ？」

「でも……そんな政略的になんて」

「だから！　変な遠慮なんかしてられないんだよ、豊平くん」

課長の少し尖った声に、喉の辺りを刺された心地がする。継海は気圧されて息を呑んだ。

「『ドゥファクトリ』は海外のハイブランドからも注目されるほど高い技術を持った工場だ。『あんたのところの仕事は受けない』と言われたら、うちは立ち行かなくなる。贔屓《ひいき》にしてもらえるなら、政略的だろうとなんだろうと、がっちり摑んだ者の勝ちだ」

アパレル品の国産比率は今や3％台と激減、「じゃあ他の工場で」というわけにいかない――上司が言いたいことは分かる。

だがしかし。お見合いデートなんてしたくない。とはいえ、彼女だってプライドがあるだろうし、上司ふたりや会社同士の立場もあるのも分かる。

ここは自分だけに非があった、他の誰も悪くないというていで切り抜けるのが賢明――継海はそこでふと思いついた案を発するべく、ひと息ついて口を開いた。それにそろそろこの状況が面倒くさくてたまらない。

「相模統括部長、富山課長。この際なので申し上げます」

ふたりの上司は互いに顔を見合わせ、「何」と険しい表情で話の続きを促した。

「わたしはゲイなので、女性とはデートもお見合いも結婚もできません」

突然の衝撃の告白に上司ふたりは瞠目《どうもく》し、それほど離れていないデスク周辺のメンバーも「えっ？」という微妙な空気に包まれている。この瞬間は、そんな嘘をついても自分は差し迫って困ることがない、と継海は考えたのだ。

「今までそんなこと一度も言ったことないじゃないか」

「そんな簡単に言えませんよ。やむにやまれず、仕方なく、です」

追い詰められて告白したことにすれば、彼らもこれ以上強く出られないはずだ。

「大学時代に彼女がいた、と話しているのを聞いたことがあるぞ」

追い込むのに必死の課長は、しかめっ面で前のめりになっている。

「そんなこともあった、ではいけませんか？　それに六年も前の話です。自分自身を偽って、その場凌《しの》ぎであちらのお嬢さんと会うなんて、それこそ失礼ですし」

というか、六年も恋人がいないのか、とそこは我ながら驚きだが。

「でも今はとくにおつきあいしている人はいないんだろう？　気が変わるかもしれないし、ひとまず会ってみたら」

しつこすぎて、継海は思わず半眼になってしまった。

「あぁ……言わなきゃだめかな……じつは、つきあってる人がいます」

「ええっ？　つきあってる人はいないって言ったのはきみだろう？」

永遠に続きそうでうんざりする。

継海は自身の耳殻を中指と親指で挟むようにしてつまみ、ぐりぐりと弄った。隣の清史郎から指摘されて知ったが、仕事でパソコンにかじりついて数字を睨《にら》んでいるときなどにやっている癖だ。ストレスが溜まると、無意識にそうやってさわってしまう。

そのとき、継海が出社してからまだ一度も言葉を発していない清史郎が「あの！」と、こちらに声をかけて立ち上がった。いきなりだったため、みな清史郎に注目する。

清史郎は百八十センチと長身なので、まっすぐ立つと迫力がある。クールな目元に、すっと高い鼻筋、薄い頬、ランウェイを颯爽《さっそう》と歩く睨み系のモデルみたいに整った顔立ちだから尚更だ。

「なんだ、どうした、雨宮くん」

清史郎はつかつかと歩みを進め、彼より十五センチほど身長が低い富山課長に詰め寄るかたちになった。課長は口を引き結び、目を瞬かせている。

「わたしが、豊平さんの恋人です」

一瞬、何が起こったのか呑み込めず、継海だけじゃなくその場の全員がぽかんとした。

――コイビト？　……恋人⁉

いちばん驚愕したのは継海だ。もちろん継海と清史郎が恋仲だなんて、そんな事実はない。

「だからもうこれ以上、豊平さんを追い詰めないでください」

恋人宣言した清史郎から切なげな相貌できっぱりとお願いされたふたりの上司は、「そ、そうなのか？」と今度は継海に問いかける。

継海のチームメンバーも声を上げたり、上げなかったり、「何これ、寸劇？　冗談？」と半信半疑で笑っている者もいて、おのおのが驚きの反応でもってざわつき始めた。やがてその波は、会話の声が届かないデスクのほうまで広がっていく。

継海はうろたえ、「えっ？　ちょ、ちょっと」と困惑するばかりだ。

そんな継海を庇《かば》うように、清史郎が白馬から下りた騎士よろしく、さっと立ちはだかった。

「もうこのくらいで勘弁していただけませんか。これじゃあキリストの裁判だ」

——ふぁっ⁉

悲鳴を清史郎の背中で押し潰《つぶ》され、継海のこぶしを彼の大きな手でがっしりと摑まれる。

今にも暴れ出しそうな継海を清史郎が身をもって封じただけだが、みんなには『狼藉を働く悪人から、大切な姫を護った騎士』のように見えるらしい。

フロア全体がざわつく中、「清史郎、必死すぎなのイイ」と誰かが発したのをきっかけに「いいコンビだとは思ってたけど、ぜんぜん気付かなかったね」「職場恋愛だから周りに気を遣ってたんだねきっと」とこの異様な状況を受け入れる空気になっていく。

——そういう時代だからって？　あっさり受け入れすぎだろ！　おかしいだろ！

清史郎による鉄壁のディフェンスを前に、ついに上司ふたりが「わ、分かった」と屈した。

「そういうわけなら……あちらのお嬢さんもご理解くださるだろう。お見合いデートの件は、わたしたちが丁重にお断りしておくから」

ようやく納得してくれたらしい上司ふたりに、清史郎が「よかったです。ありがとうございま

す」なんて継海の代わりに礼まで述べている。

「い、いや、えっ、おかしいだろ、清史郎、おまえどういう立場で」

騒ぎの中でばんばんと清史郎の背中を叩くと、彼に『今は黙っててください』ときれいな目で殺されそうになった。事の顚末《てんまつ》を振り返れば、継海は口を噤《つぐ》むしかない。

「しつこく訊いて、追い詰めてしまって悪かったね、豊平くん」

上司ふたりは、「わたしたちがやぶをついて蛇を出したからだ」とでも言いたげだ。

そしてひとつの拍手をきっかけに、フロアは突如発覚した同性カップルを歓迎するムードとなった。

——なんの拍手⁉

この理解を超えた状況にもはや笑えてくる。

為《な》す術《すべ》もなく佇《たたず》んでいると、拍手がやみ、課長がそのタイミングで「もうすぐ始業ですし」と部長の背中を押して一件落着となった。

清史郎がこちらをちらりと振り返り、継海は無言でその視線を受けとめる。

最初睨まれたのかと思ったが、清史郎は口元に不敵な笑みを浮かべた。

「目立ってますから、話はあとで」

「あとで、って……」

この話はひとまず保留とばかりに席に戻る清史郎に、継海も続くしかない。

ところが、「とりあえず逃げ切れてよかったね」とこれで終わる話ではなかった。

「そういえば……きみたちふたり、社員寮に住んでるよね？」

去りかけて振り向いた部長からの問いに、継海と清史郎は訳が分からないまま「はい」と返した。

「社員寮を出て、ふたりで部屋を借りて暮らしたほうがいいんじゃないの？」

なんでそんなご提案を、と訊く間もなく、課長が「あぁ、たしかに」とそれに同意する。

「こんなふうに公にしたあとだと、社員寮では気を遣うでしょうし。ふたりも、周りも」

「家庭を持つ世帯主には家賃補助する社内規定があるよね。あれ使えるんじゃないの？」

社員寮は独り暮らしの若者のための福利厚生施設だ。そこを出るなら自身で家賃を全額負担しなければならないが、婚姻もしくは事実婚、それ相応の関係との証明があれば、会社が家賃を補助してくれる。それを利用してはどうか、と上司たちは提案しているのだ。

「LGBTの方々にも間口の広い会社でありたい、というのが社長のお考えだし、わたしたちからまずは常務に話してみよう。当事者ふたりがどうしたいかは、そのあとでも」

「そうですね」

こちらの意見をほぼ訊くことなく、ふたりはまるで「お見合いデート作戦は失敗に終わったが、社長や常務が喜びそうな良案を思いついた」というような軽やかさでフロアを去っていく。

結果的に、誰も傷つかずにすんだが。

「……処理が追いつかない……」

継海は自分のデスクの前で、手のひらをひたいに押しあてて俯《うつむ》いた。

ふと横を見ると、隣の清史郎は涼しい顔で電話の応対を始め、すでに仕事に移っている。

――切り替えはやっ！

たしかに清史郎に「おまえ、俺のアシスタントなんだからなんとかしろよ」とは言ったが、言葉の綾だ。彼のおかげで自分の評価や査定が下がる恐れもなく、上司たちもすっかり納得してくれて助かったが、本当にどうにかしてほしかったわけではない。

「豊平さん、『ミクスト』の営業の方からお電話です」

「あー、はい」

否応なく、継海も日常業務に引きずり込まれ、月曜らしい多忙な一日が始まった。

デスクで惣菜パンを齧るだけのランチのあとに会議が三つも入っていたせいで、仕事が終わったのは二十時過ぎ。途切れない業務に忙殺されて朝の大事件をちょっと忘れかけていたが、帰り支度をしてフロアを出たところで常務に声をかけられた。

どうやら、朝に蒔かれた問題の種は、そのあとすくすくと成長していたらしい。

「異性も同性のカップルも就労規則において差別されない。ふたりが家賃補助を受けるのは当然の権利だから、ぜひ活用してほしい。住む部屋が決まったら……」

常務はなぜか、すでにふたりが社員寮を出て同棲を希望しているという認識だったようだ。統括部長と課長が力説するうちに、常務がそう解釈してしまったのだろう。おかげで「善は急げ」とばかりに、トントン拍子で会社まるごとの要らぬ理解を得てしまった。

誇らしげな常務に「仕事もがんばって」と去り際に肩を叩かれた。継海はろくに声も出せず、会釈を返すので精いっぱいだ。

継海はただ唖然と、常務の背中を見送ったのだった。


そういうわけで、じつにとんでもない月曜日だったわけだが、恐ろしいことに問題の芽は依然として成長を続けている。

継海が常務に「住む部屋が決まったら、規定の書類を総務に提出するように」と言い渡されていた頃、清史郎は別のフロアで打ち合わせ中だったので、彼にその件を報告しなければならない。

――仕事の忙しさで朝のごたごたを脳内から抹消しかけてたけど、八方塞がりだろこれ！

この期に及んで、ぜんぶなかったことにならないかなと現実逃避しそうになるが、継海は意を決し、社員寮の清史郎の部屋を訪ねた。

継海が「おつ」とあいさつすると、応対に出てきた清史郎は笑みを浮かべ「お疲れさまです」と返した。なぜだか余裕たっぷりだ。こいつも現実逃避してるのかもな、と継海は思った。

「今日の朝からのアレのこと、話しにきた。上がっていい？」

「どうぞ」

社員寮には現在二十名ほどが暮らしていて、継海は新卒で入社した当時からここに住んでいる。社員寮は会社所有のマンションで、朝晩だけ一階の食堂で食事が提供されるシステムだ。

独身ならこの社員寮にいつまでもいていいわけじゃなく、二十九歳になると強制的に出て行かなければならないし、港区港南の会社から徒歩十五分の高輪にあるワンルームを格安で借りるのだから、それなりに守るべき規則もある。

一方、清史郎は、最初はマーケティング部門の契約社員だった。一年の契約期間を経てそこでの能力と実力を評価され、めでたく正社員として中途採用されたのが九カ月ほど前、今年の一月のことだ。社員になるタイミングでアパレル部門へ異動となり、この社員寮に入寮した。

継海が清史郎と親しくなったのは、彼がアパレル部門へ異動してきてからだ。異動のタイミングで継海がディレクターに、清史郎がアシスタントディレクターに就いた。

清史郎はとっつきにくそうに見えて実際に木訥《ぼくとつ》だけど、痒《かゆ》いところに手が届くようなフォローをしてくれるなど、仕事はもちろんそれ以外でも頼れる男だ。

——俺より先に「豊平さん、今日ちょっと熱っぽくないですか？」なんて気付いたりして。あのときは「おまえは俺のオカンか」って笑ったけど。

周りからは『豊平くんにはやけになついてるよね』『静と動のいいコンビ』などと評され、継海も仕事の相方が「こいつでよかったな」と内心で思っていた。

——ふたりで飲みに行ったり、ランチだってするけど、ぜんぶ仕事の延長ってかんじで。お互いの部屋に行き来するようなこともなかったし……。

この日、継海ははじめて清史郎の部屋に入った。清史郎が継海の部屋に来たこともない。清史郎が入寮してすぐの頃、継海が「俺の部屋には例外なく誰も入らせない」と告げたからだ。汚部屋とまではいかないが、人を招くために片付けたくもないし、「うわ……幻滅」などと思われたくもない。だからなのか、清史郎からも「うちにどうぞ」と招かれたことはなかった。

つまり、ふたりは会社ではディレクターとそのアシスタント、デスクも社員寮の部屋も隣だが、互いのプライベートにまで深く踏み込むほどではない、という関係なのだ。

清史郎に「どうぞ」と二人掛けのテーブルセットに案内され、スチール椅子に腰掛ける。

「メシ食った？」

「いえ、会社でちょっと変な時間に食べたんで……風呂入ってからでいいかなって。豊平さん、コーヒーでいいですか」

「あー、うん」

継海はそこから部屋全体を見渡した。

部屋の造りや広さは同じだが、ベッドや家具の配置、カーテンやラグなどのインテリアで、ずいぶん雰囲気が変わるものだ。

清史郎の部屋は独り暮らしの男のそれにしてはだいぶきれいに整っているし、アイアンとウッドの組み合わせが渋いオープンシェルフや、座面がレザーの椅子を無造作に置いたかんじも洒落ている。

美的センスが必要な職種なのに、イメージダウンも甚《はなは》だしいともいうべきひどいありさまの継海の部屋とは大違いだ。

——二歳下でも、俺よりよっぽど落ち着いていらっしゃる。

コーヒーメーカーをセットする清史郎のうしろ姿を横目で見た。

首の根元から肩にかけての僧帽筋、その下の大円筋が薄手のカットソー越しに動くのが見て取れる。男の自分でも羨ましく思うほど漢らしい身体つきだ。上背もあり、手脚も長い。

表情が大きく変化しないから一見すると冷たそうだが、今日のこともしかり、日頃から微に入り細に入り継海をフォローしてくれて、そっと気にかけてくれるところなど見ても情に厚い男だと思う。

——何から何まで、俺とはぜんぜん違う。

几帳面そうな清史郎と反対に、継海の性格は大ざっぱ。社交的なタイプと思われがちだが、ほんとはインドア派のぼっち体質だ。そして特筆するポイントがない平均的な身長百七十センチ、体重六十キロの標準体型。ディレクターになってからは、これでも人前に出る際の身嗜《みだしな》みを含めて気をつけるようになったほうで。

清史郎は継海にコーヒーを出すと、テーブルを挟んで座った。いつも隣にいるのに、静かな部屋で向き合うというシチュエーションは小っ恥ずかしい。

ここでもじもじしている場合じゃないので、帰り際に常務から「部屋が決まったら書類を提出するように」と言い渡された件を清史郎に伝えた。

「俺、おまえと手もつないだことないのに。『同棲』だぞ？」

笑いを交えて清史郎にそう報告したが「きみたちふたりのために」との会社からのお気遣いに、いっそう首を絞められる心地だ。帰り際の誇らしげな常務の笑顔を思い出せば、大きなため息が出る。

清史郎は継海に合わせて、喉の奥で笑った。

「あのとき、豊平さんは無意識だったかもしれませんけど、『もう限界』ってかんじで耳を弄る癖が出てるのを見て、咄嗟《とっさ》に『俺が恋人だ』って言っちゃいました。神経性の胃炎とか胃けいれんで豊平さんにまた倒れられたら、俺を含めみんなが困りますし」

「そんな『また』って……一回倒れたっていうか、三カ月前のアレは動けなくなっただけで」

「同じですよ。俺が病院に連れてったんだから」

清史郎はあいかわらず口元に薄く笑みを浮かべている。

今日あの場では助けてくれたけれど、「今回の件は自業自得なんだし、あとは自分でどうにかして」と丸投げするつもりなのかもしれない。

「今朝のこと……もともとは俺が適当な嘘ついたからだし、清史郎に助けてもらわなかったら、この先も常務を筆頭に部長と課長から、ずーっとネチネチやられると思う……けどさ」

このままでは本当に清史郎と恋人同士のフリをして、どこかで同棲生活をスタートしなければならなくなるのだ。普通に考えてありえない。このありえない状況をどう打破するか考えなければ。

ところが、清史郎からはまったく予想外の言葉が飛んできた。

「俺はべつにかまいませんよ」

清史郎は涼しい顔で、湯気が上がるほどあつあつのコーヒーを啜《すす》っている。

「かまいませんよ、って……？」

「豊平さんと同棲生活……家でも会社でも四六時中一緒ってことになりますね」

「ええええっ？　い、いや、何あっさり受け入れてんの？」

そんなことは望んでいない。なんとか解決策はないか、一緒に考えてほしくて来たのだ。

清史郎は「しょうがない人だな」とでもいうように顰笑する。

「今さら『ぜんぶ嘘でした』でやり過ごせると思います？　よっぽど心証が悪くなるんじゃないかな。上司だけじゃなく、『ドゥファクトリ』に対しても。下手すると心証うんぬんの問題ではなくなる」

清史郎の言うとおりだ。言うとおりだけど、「だよね！」とはなれない。

「豊平さんと同棲してもかまわない、というか……俺はうれしいです」

「……？　うれしい？」

男ふたりで同居するのが？　仕事上のコンビ、ってだけの関係なのに？

うれしがられる意味が分からない。

すると清史郎の表情から笑みが完全に消え、すっと静謐《せいひつ》なまなざしを向けられる。

継海は妙な緊張を感じながらまばたきした。

「豊平さんのことが、好きです」

息がとまる。

唐突な告白の意味も分からない。

「……好き？　えっ？」

「恋愛の意味で、です。仕事してるときの豊平さんも好きだけど、飲み過ぎて酔っ払ったときにガードがゆるゆるなかんじになるのも」

「えええええっ、ちょっと待ってちょっと待って！　何言ってんの？」

「愛の告白です」

継海は椅子の背もたれに、ばんっと背中を張りつけて仰け反った。

清史郎にふざけている様子はない。まっすぐに見つめられている。

「豊平さんのことが好きだから、今日だって『お見合いデートなんて絶対にしないでくれ』って心の中で呪詛《じゅそ》を唱えながら、聞き耳を立てて、話の行方《ゆくえ》を見守っていたんです」

声をかけても反応が薄くて、こいつ知らん顔しやがって、と思っていたのだが。

「じょ……」

「冗談なんかじゃないです。言うつもりもなかったですけど……まぁ、今回の一件で、これ幸いに、ってかんじですかね」

「どさくさ⁉」

「どさくさでもなきゃ、こんなこと言えませんよ」

清史郎がやっとここで少しほほえんだ。それでようやく呑み込めた。

まじめに、真剣に、清史郎は心の奥にためていた継海への想いを告白し終えて、きっとほっとしたのだ。

「でもっ……でも、おまえ、今までそんなかんじじゃ」

彼に好意を向けられていると感じたこともなければ、そういう性的指向の人間ではないかと疑ったことだってない。

「ゲイってことも豊平さんへの想いも伝わらないように、必死に隠してたんで。仕事上のコンビだし……少しでも永く、一緒にいたいじゃないですか」

——そういうもんなのか？　想いを伝えずに、ただ傍《そば》にいることがしあわせだって？

「それ、ほんとに好きってことじゃないんじゃ……」

「豊平さんには、分かんないですよ」

あんたに恋愛の何が分かるのか、と責められているようだし、ちょっとばかにされたかんじもする。

でも清史郎の想いを否定できるほど、継海は清史郎を知らない。彼のことも、恋愛のなんたるかだって、分かっていない。

だから何も言い返せず押し黙った。そもそも清史郎の想いを否定する権利だってない。

継海が無言になっていると、清史郎が「豊平さん」とやさしく呼びかける。

「今さら『あれは嘘でした』と覆《くつがえ》せばどんなリスクがあるか、豊平さんだって分かりますよね」

「……わ、分かってる……でも」

——『でも』？　なんだ？

脳の処理能力を超えてしまい、自分が何を言いたいのか茫洋として分からない。でも清史郎が言うとおり、選択肢がもう選ばれてしまっているのは明白だ。

そこではっとしたのは、自分が咄嗟についた嘘で清史郎を傷つけたのでは、ということだった。

「あ……あんな嘘ついて、悪かったよ。清史郎がその……ほんとにゲイだとは知らなかったから」

「豊平さんがゲイだって嘘をついたことを、俺はちっとも怒ってません」

「……腹は立ってんだろ」

意のない女性との見合いデートを回避したくてついた、保身のための嘘なのだし、ゲイなら「なめんじゃねーぞ」と憤怒してしかるべきだ。

清史郎は笑みを浮かべて、いいえと首を振り、話し始めた。

「豊平さんは、誰も傷つかないようにしたかっただけですよね。だからって、自分がゲイだなんて嘘をつく人もなかなかいないと思いますけど、普通はそんなふうに思われたくないものですし」

「だって、お見合いデートなんか絶対したくねーもん」

どんだけしたくなかったんだ、と笑われそうだが、もろもろを天秤にかけた結果だ。

「悪いのは、仕事を盾に女性とのデートを暗に強要してくるほうです」

「理不尽だってそこに腹は立っても、今の会社も仕事も好きだし。やっぱり……デート一回くらいOKして、会ってから断るべきだったのかな」

仕事上、今後もつきあいが続く人なので、それがベストな解決法だったとも思えないが。

「俺は豊平さんのことが好きです。豊平さんは今朝ついた嘘をとりあえず貫くしかない。俺は好きな人と同棲できて、豊平さんは嘘に信憑性を持たせ、かつ、今後も『お見合いデート』なんてクソ面倒くさいパワハラ業務命令に気を揉むことはなくなる。社会的に抹殺されることなく、現在の地位も守られる。互いに利害は一致しています」

「だからって……」

そんな人を騙すようなことを、と言いそうになったが、そもそも自分が嘘でごまかしたのだし、正論を説くような立場にないのだ。

「まだ豊平さんのメリットを並べなきゃいけませんか？」

「……メリット」

「豊平さん、いつも『家事全般やりたくない』って言ってますよね。同棲したら、俺がやります。食事も作るし、掃除や洗濯……まぁ、ゴミ出しくらいは手伝ってほしいけど」

「オカンじゃなくて嫁かよ」

「オカンでも嫁でもない、豊平さんの恋人として。俺……すごく尽くしますよ」

その余裕たっぷりの発言とやけにおだやかな表情に、継海は思わずどきりとさせられた。

清史郎は楽しそうに、勝手に思い描いた未来を語りだす。

「家賃と食費、光熱費はきっちり折半で。共通の財布を準備して、生活費はそこから出す。俺は『こっちだって忙しいのにごはんも作ってくれない』だとか、『靴下を脱ぎっぱなしで洗濯機にすら入れない』とか、小うるさい文句は言いません。朝は俺が起こしてあげます」

「ところがあとから、そういうことに対する文句を言い出すってもんだろう？」

「俺のことが面倒になった時点で、『別れました』と会社に言えばいい」

どうしてそこまで譲歩するのか。

つまり清史郎は『好きな人と同棲できる』という一点で、すべてを呑むつもりなのだ。

「こうして隣に住んでるのに、俺は会社で見る豊平さんしか知らないんです。スーツを脱いだ豊平さんが見てみたいな」

すごくいやらしいことを言われた気がするのに、さらっとした口調なので、自分の考えすぎなのかと思わされる。

胸がかあっと熱くなり、継海は焦った。

「……だからっ、俺はだらしないんだって！　部屋だって汚いし、よれよれの部屋着だし、休みの日は朝十時過ぎまで寝てるし、……」

じわじわと流される。清史郎の思惑に浸食されていく。

「俺の前でだけ、ってことになりますよね。同棲してこそ、ですよ。そんなの、すごく楽しそうじゃないですか」

「ネトゲばっかする俺にがっかりして、すぐ愛想を尽かすよ」

「ときどきは買い物デートくらいしてくれても罰は当たらないと思う」

清史郎はいっこうに引く気配を見せない。

それでもなかなか「いいね！」とはならず奥歯を噛む継海に、清史郎は細いため息をつく。

「豊平さんが自分で蒔いた種ですし……他に選択の余地なんてないと思います」

継海は奥歯に力を込めたまま眉をひそめ、「ううう っ」と唸った。

「あ、泣きそう？」

「泣かねぇ！　でもなんで俺がっ、おまえと、男であるおまえと？　同棲しなきゃならないの？」

そんなことを言えた立場でもないのに、最後の悪あがきで、もう答えなど分かりきっている問いが口を衝く。

「豊平さんはゲイじゃない。だからゲイに向けられる好意が怖いでしょうし、期待されても困るって思ってるんでしょうけど」

そのとおりだ。応えられない好意を押しつけられても困る。

「可能性は1％から『ある』ものだって、俺は思ってます」

「え……？」

「俺にもメリットはある。もちろん、ただ同棲するだけじゃないですよ」

清史郎はテーブルに肘をついてわずかに身をのりだし、余裕の笑みを薄く浮かべる。継海はさっきから彼の一挙手一投足に胸がずきずき、どきどきさせられっぱなしだ。

「あわよくば、俺は豊平さんの心を動かしたい。その、ぜったい貰えないはずのチャンスが、そっちから、転がってきたんです」

清史郎は強制しない。脅してもいない。「あわよくば」であって、「いやになったらいつでも終了できますよ」と決定権をすべてこちらに委ねている。

——それですら「自分にとってはメリットだ」って言いきるほどに、俺のことを……？

まっすぐに向けられた「好き」が、再び継海の中で鮮明に蘇った。

どどどと、おかしなふうに心音が跳ねる。男に告白されるのなんかはじめてなのだから動揺するのは当然だ、と継海は喉に詰まった緊張のかたまりを呑み込んだ。

走り始めたドミノはとめられない。ただ終わりを待ち、倒れ続ける駒を茫然と見守るだけだ。

「豊平さん。俺と、同棲しましょう」

清史郎が継海に手を差し伸べる。仕事でも何度も助けてくれた手だ。こいつは信用できる男だと身をもって知っているだけに、視線と気持ちがすうっと吸い込まれそうになる。

——ま、待てよ俺、しっかりしろよ。俺のこと好きだって男と、同居？　同棲？　そういえばさっきからこいつ、ずーっとかたくなに『同棲』って言ってるし。怖いって！

怖いけれど、これしか助かる手段がない。いくら考えても、仕事や立場を守りながらすべてのことをうまく躱して生き延びる策なんて他にないのだ。

継海は唯一ある命綱に摑まる心地で、ついに清史郎の手を取った。

□ 2 □

今から一年ほど前――。

雨宮清史郎という若手の契約社員が、マーケティング部門にいるのは知っていた。

アパレル部門の継海とは働いているフロアも違うし、業務的にもかぶっているところがない。ゆえに関わりがなかったが、『無愛想なイケメン』『口数は少ないが仕事が速い』など、清史郎に関する噂話を小耳に挟むことはあった。

その当時の継海はアシスタントディレクターとして、草場《くさば》というディレクターをサポートしていた。

今でこそ対外的な対応が増えてビジネスカジュアルに落ち着いているが、その頃の継海はスーツ必須な場面でなければ、着心地と動きやすさ重視で服を選んでいた。

さらには、ワンデーコンタクトレンズの使用方法について眼科で怒られて以降、使い勝手のみ考慮した冴えないメガネと、足もとは快適さだけが褒めポイントのオフィスサンダル。最大のダメポイントは「美容室はまた今度……」という出無精がゆえのミディアムロングの髪だ。

肩まである髪をうしろで小さく括《くく》ったヘアスタイルは、女性社員とくに上司にたいへん評判が悪い。くわえて、ディレクターの草場があまりにも仕事がデキる超絶イケメンだったため、継海は完全にモブ化していた。

そんなあまりやる気がなさそうな見た目に反して、仕事はすこぶるまじめ。自分の立場を弁えつつ抜かりなくサポートするので、草場にはとてもかわいがられた。継海がアシスタントからディレクターに昇格する際、上司に強く推薦してくれたのも草場だった。

しかし、そんな継海の身嗜みズボラっぷりを絶対に許さない、世界一手強い者がいたのだ。子どもの頃には上下関係が確立していた継海のふたりの姉、奈々海《ななみ》と久瑠海《くるみ》だ。

姉ふたりはデパートコスメブランドのビューティーアドバイザーで、実家で暮らしている。継海は社員寮暮らしなので、めったに会うことはない。社員寮に入ったのだって、この口うるさい姉たちから逃れ、真の自由を謳歌するためだ。

継海も新入社員だった頃はまだちゃんとしていたものの、日が経ち、会社に慣れていくうち、「まぁいっか、これくらい」「仕事が忙しいし」という妥協&言い訳を自分の中に並べるようになった。その結果、徐々に苔むすかのようにモブ化し、すっかり定着したのだ。

盆や正月などもわざと実家へ帰る時間をずらし、ふたりと鉢合わせしないようにして、それでも否応なく会ってしまったら「これから美容室に行く」とごまかして逃げていた。

しかし、ある日ついに『ズボラでダサすぎなつぐちゃん、許すまじ！』が大爆発して美容室に強制連行、そしてお洒落度ゼロの黒縁メガネをコンタクトレンズにチェンジさせられた。

するとあら不思議。長女の奈々海は感嘆し、次女の久瑠海は「わお」と拍手した。

「ほらぁ、めっちゃイケメてるじゃん。イモムシがクジャクになったみたい」

種の壁を超えるほどとは、いったい⁉

「これだけいいもん持ってるのに、なんで放置してんの。腐ったキャビアなんて誰も食べない」

奈々海ちゃんの譬《たと》えもひどい！

「その現ディレクターの人が辞めたら、つぐちゃんが次のディレクターになるチャンスが来るかもしれないじゃない？　今の立場にいつまでも甘んじてるつもり？」

ちょうど「草場さんが近々会社を辞めて自分のブランドを立ち上げるらしい」との噂が流れ始めた頃だった。しかしアシスタントの継海がそのまま押し上がるのではなく、ふさわしく優秀な誰かがディレクターに起用されるんだろう、と思っていた。

「ポリシーがあってアレならまだしも、実力以外の部分で評価落とされるなんて癪じゃん。この状態をキープしてるか、ときどきチェックするからね」

ポリシーがあっても美容室には強制連行されただろうし、「ウザい」と反抗などしようものなら、理詰めで百倍返しが来る。

しかしたしかに、見た目なんてどうでもいいという精神や姿勢がいけない。それでディレクター候補から落とされるのは不本意だ。べつにずっとアシスタントでいいや〜とも思っていない。

野心とまではいかなくても、仕事に対する向上心はある。

そういうわけで、豊平継海はある日、モブから主役級キャラに華麗なる転身を遂げたのだった。

＊　＊　＊　＊

「まぁ、それまでは目にも入っていなかったんですが、モブから突然クラスチェンジした継海さんが、俺の好みど真ん中だったわけです。最初『誰っ？』ってびっくりして二度見しました。こんな素敵な人が社内にいたなんて、って……」

じつに淡々と恋の経緯を説明する清史郎を前に、継海は眉根をぐっと寄せた。同棲に合意したあと、清史郎がいつどんなタイミングで好意を持ったのかを知りたくて、継海が訊いたのだ。

「誰っ？」と驚かれるほどに、以前の自分がひどかったというのもなかなか傷つくし、「目にも入っていなかった」なんてさんざんな言われようだが、それより他の部分に引っかかる。

「……『継海さん』……？」

突然の名前呼びに、ぞわわっと背筋に悪寒が走った。継海のことを「つぐみ」と呼ぶ人間は親以外にいない。子どもの頃クソガキに「つぐみちゃーん、かわいいね〜」と名前をからかわれて以降、他人に呼ばせたことがないからだ。

「同棲を決めた恋人を名字で呼ぶのは不自然じゃないですか。あ……俺も、豊平さんを強制的にイメチェンさせたというおねえさん方のように『つぐちゃん』と呼んだほうが……？」

「そんなわけあるか！」

継海は頭を抱えた。いろんなことに考えが追いつかない。

清史郎と同棲する、とたしかに決めた。他人と暮らすことを気持ちの上でどうにか一万歩くらい譲って納得したが、恋人気分で対応しろと言われても、急にそんなの無理だ。

するとやにわに清史郎がテーブルセットから立ち上がり、継海は二人掛けのソファーに引きずり込まれた。乱暴とまではいかないが腕を掴まれ、いつもと違って強引だ。

「な、なんっ、な、なんだよっ？」

咄嗟に上げた声が、驚きでひっくり返る。

ソファーの座面に背中から半分倒れた格好の継海に、清史郎が覆い被さるかたちでとまった。

自分より上背のある男にはじめて乗っかられた恐怖感は、筆舌に尽くし難い。

身の危険を感じ、継海は目を剝いたまま死んだように硬まった。

清史郎は笑いもせず、まじめな表情だからよけいに怖い。

うろたえて言葉を失っている継海に、清史郎がようやくにやりと薄く笑った。

「この程度のスキンシップでそんな反応をしていたら、恋人同士なんて嘘だとすぐにバレますよ」

「しょ……しょうがないだろっ」

「しょうがない、って開き直ってる場合じゃないと思います。俺は献身的に協力するし、全力で護りますが、豊平さんが中途半端だとすべてが徒労に終わる」

清史郎の言うことがもっともすぎて、何も言い返せない。

継海はむぐぐと奥歯を噛み、しょぼしょぼとした気分で目を逸らした。

「……わ……かってるよ」

分かってる、とは言ったものの、現在進行形で理解しようとしている最中だ。

「……ちょっと……いつまでこの体勢……退いてくんない？」

継海の弱々しいお願いに、清史郎は余裕綽々な顔で笑った。

「じゃあ、隣に座っても？」

そもそも清史郎の部屋のソファーだ。狭い二人掛けのソファーだけど断る権利はない。それに、恋人同士としてはそれが普通の距離なのだろう。

「ふたりで飲んだときはけっこうな勢いでべたべたしてくるのに」

「えっ？」

清史郎が上から退き、継海をちゃんと座らせてから隣に腰掛けた。

聞き捨てならないことを言われたので、継海は清史郎の顔をしかめっ面でじっと見る。

「それより、話が逸れてます。俺はやっぱり、『つぐさん』なんて他の人と同じ呼び方はいやです」

会社の中に何人か『つぐさん』と呼ぶ人間がいる。友だちはたいてい『つぐ』か『豊平』だ。

「いきなりずうずうしくなったな」

「『継海さん』のほうが年上と年下の恋人っぽいし、特別感が増します」

継海はそっと深呼吸し、それまで肩に入っていた力をゆっくりと抜いた。

「……会社でも、呼ぶの？」

「もちろん。下の名前で呼んだからって、恋人でもそうじゃなくても、とりたてて不自然なことはないはずです。周囲が勝手に『恋人同士だからか』って解釈して、俺たちの嘘をより強固なものにしてくれるだけで。運命共同体としていろいろと協力するんですから、それくらいは譲歩してくれてもいいと思います」

じわじわと侵食されているし、いちいち恩着せがましい言い方だが、継海に反論の余地はない。たかが名前呼びくらいでいつまでも抵抗するほうが、度量が狭い気がする。

「その交渉テク、ぜひ仕事で活かしてほしいよ」

「じゃあ、『継海さん』で決まり」

清史郎は満足そうにうなずき、しっかりと目を合わせて、うれしそうに「継海さん」と呼んだ。

無視していると何度も「継海さん」を連呼される。三回目でようやく、継海は「分かったから、もうそれでいいよ」と投げやりに答えた。

それに、そうやって何度も呼ばれているうちに、最初に感じた妙なぞわぞわが和らいだ。

「何話してたっけ……あ、『飲んだときにべたべたしてくる』って？　俺は身に覚えがない」

「相当酔ったときに、数回ですよ。あなたはさっき『おまえと手もつないだことないのに』って言ったけど、酔うと俺の肩にもたれかかって腕にしがみついて……」

「もたれかかって！　しがみつく⁉」

そんなの俺じゃない、と言いたいが、朝目覚めたときに記憶の一部が飛んでいることが何度かあった。しかし社内の他の誰からも、そんな酒癖があるという話を聞いたことはない。

「ふたりのときだけだから、俺以外は知らないと思います」

「清史郎は会社ではじめて俺についていてくれた後輩だったから気を許してたのかも……。おまえの前でかっこ悪い姿さらして、恥ずかしいな」

そんなタイミングで甘えたな末っ子気質を覗かせていたとは、だ。

「いいえ、かわいかったですよ」

おだやかな笑みを向けられて、継海は目を剝いた。

「……かわっ……？」

「顔色とか普段どおりなのに目元だけとろんとして、『きよしろぉ～』ってちょっと呂律回ってなくて、それなのに一生懸命に仕事のこと語ったりして」

「うん、忘れて」

酔っ払いの仕事語りほどうざいものはない、と思っていたのは自分なのに。

継海はまたもや頭を抱えた。今日は厄日だ。天中殺だ。大殺界だ。

「好きになったきっかけ、に話を戻したいんですが」

清史郎は眸《ひとみ》をきらきらさせている。想いを伝えたものだから、もっと知ってもらいたい、という気持ちになっているようだ。

聞くしかない。もうすでにおなかいっぱいな気分だが、継海に拒否権はない。

「継海さんがモブからきらきらリーマンにクラスチェンジした頃は、俺はマーケティング部の契約社員だったので、遠くから見ているしかなくて……。いくらひと目惚れしたっていっても、その頃はなんの関わりもない社内の男性だったので、それ以上にはなりようがないというか。見てるだけでいい、目の保養、ってかんじでした」

自分が誰かの目の保養になり得るとも思えないから、どんな顔をしてこれを聞いていたらいいのか分からない。

「でもまさかのチャンスが巡ってきた。年内で草場さんが会社を辞めるって話と、契約社員だった俺に正社員雇用の話が来たんです」

草場が辞めるときだったたから継海も覚えている。当時は「へ〜、正社員になるんだ」という薄い認識だった。

――ってことは……清史郎がマーケティング部からこっちに異動してきて九カ月だから……その前から今日までかれこれ一年も、俺のことが気になってて、好きだったたってこと？

その間まったく、継海は清史郎の想いに気付かなかったことになる。

「希望の部署と職種を訊かれたので、ダメモトで『アパレル部門の勉強もしたい』と意志を伝えました。採用時の形式的なものだと思ってたので、まさか本当にそうなるとは……」

その後人事部から「草場の後任には現在のアシスタントである豊平継海を据えて」「豊平のアシスタントに雨宮清史郎を」との内示があり、現在のチームに至っている。

言霊なのか強運なのか、清史郎は欲しいものを『引き寄せた』のかもしれない。

でも、ただの運任せではなく、清史郎は控えめながらも最初から仕事に対して積極的だった。新入りとしてチームに早くなじもうとしていたし、継海もそれを好意的に捉えていた。

「清史郎とコンビになって……そういう意味じゃなくて好意は持たれてる……かなぁ、とは思ってたけど……。でもおまえ、べつに俺以外とも普通だったたし」

継海がもごもごとつぶやくと、清史郎は息を漏らすようにして笑う。

「チームの人たちとは、それなりに。でも俺は『みんな仲良く主義』じゃないですから。継海さんの隣にいるために、チームの人たちとは適度な距離で適度なつきあいをしていただけです」

清史郎の行動の理由を探ると、その根っこには『豊平継海への好意』がある、ということだ。

一緒に仕事をするようになってから九カ月、継海にとっては記憶に残らない出来事でも、清史郎にとっては特別な意味があったのかもしれない――そう考えると、背筋がひゅんとする。

「……こっ……」

「怖いですか？　でもこうして言われなきゃ、まったく気付かなかったわけでしょ。だから俺は、うまくやれてたと思うんですよね。継海さんがニブいのもありますけど」

「ニブいって」

「ニブいっていうか、空気は読むけど他人の心にさほど関心がない、っていうほうが的確かな」

「そこまでひどくねーわ」

「そうですか？　いちばん近くにいる俺のことですら、名前と見た目以外ぜんぜん知らないのに？」

よほど気の合う者同士でない限り、会社の同僚だったら誰だってそーだわ、と思う。

「一緒に暮らせばいろいろ見えるようになって、おまえのほうが俺に愛想尽かすかもしれないな」

清史郎の中の『継海さんのイメージ』をぶち壊す自信なら大アリだ。

「もともと家事がきらいだというのは聞いてますから、家事いっさいは俺がやります、って言ったんです。そこを継海さんには、はなから求めてません」

「ぜんぜん期待してないって言われるとなんか腹立つな」

「そりゃ手伝ってくれたらうれしいですけど、強要する気はありません」

にこりと柔和な清史郎の表情を、継海はじっと睨《ね》めた。

「でもさ、おまえだって俺のこと、つまりモブからイメチェンしたっていうその見た目だけで、その、す、好き……になったわけだろ」

『好き』の言葉ひとつにもだもだしてしまうのがくやしいし、清史郎はそんな継海を見てうれしそうに、ほほえましそうにするのが癪に障る。

「継海さんは俺の想いを疑ってるのか、確認したがってるのか……どっちなんだろうな」

「普通に疑ってるだけですが」

清史郎はそれにはもう何も返さず、「見た目だけじゃないですよ」と答えた。

「俺が正社員として雇用されてすぐの頃の、若手社員の一泊研修を覚えてますか？」

「……あぁ、長野と山梨に、陶器とか作りに行ったやつだよな」

織維工場や捺染《なっせん》工場、陶器や和紙作りの工房などを周る研修旅行だ。

「あのとき、行きのバスでマーケティング部の林《はやし》さんが『契約から正社員雇用ってどんな手を使ったんだ？』って冗談めかして訊いてきて」

「それだけじゃなかったろ。『顔がイイやつはオトクだな』とか『うちの部長と何回ヤったら正社員になれんの？』とか、えぐいこと言ってた。それをにやにや笑ってるやつもいて」

清史郎の古巣であるマーケティング部の部長は五十代半ばの女性だ。彼女がそんな人物ではないことも、林が本気で質問しているわけじゃないことも、バスの中の全員が分かっていた。とはいえ、継海は猛烈にイラっとしたのだ。アレで笑えるやつらの感性もおかしいと思うし、冗談で言っていいのは、みんなが笑える内容だけだ。

「継海さんあのとき『だったら仕事は顔でするもんじゃないって、おまえが証明すればいいじゃん？』って俯瞰《ふかん》で言い放ってくれて」

「……そんなこと言ったっけ」

覚えてるけど。これから一泊研修だというのにここでケンカになったらどうしよう～と、内心でちょっとびびってたことは清史郎にも秘密だ。

「俺、林さんに言われたことにカチンときて、座席から立ち上がりそうになってたんですよね。それを寸前で継海さんがとめてくれて、目で『おまえは黙ってろ』って、熱く見つめられて」

「熱く見つめてねぇし。誇張すんな」

「そのあとも『あれ、本気でおもしろいと思って言ってるヤツだから、おまえはマジで返すな』って……隣に座ってくれた継海さんの横顔が……ほんとにかっこよすぎでした」

「けっきょく顔かよって」

「今のは顔の話じゃないでしょ。俺はまじめに話してるんだから、茶化さないでください」

清史郎はそう言いつつも、気分を悪くした様子はない。とはいえ、往生際悪く冗談で流そうとしている自分は男らしくないなと思って、継海は「ごめん」と小さく謝った。

「あそこで俺のために啖呵《たんか》切ってくれた継海さんを見て、俺はこの人のためにがんばりたい、って思ったんだ。まぁ、そのときはあくまでも仕事上での決意でしたけどね」

　でもそれだって、継海からすると些細なエピソードのひとつだ。

——俺がちゃんと人を好きになったことがないから、理解できないのかな。

そんなことくらいで好きになるの？　と思ってしまう。

清史郎は継海の顔を見て、「まだ納得してくれてないみたいだな」と薄くほほえんで続けた。

「差し入れで貰ったお菓子を、継海さんが俺にだけ多くくれたり」

「……それ、余ってただけだし」

「プチトマト好きだって言ったら、かならず俺にくれるようになった」

「トマトは好きだけどプチトマトのあのぷちっと弾けるかんじが苦手なんだ……ていうかさぁっ、やっぱおまえ、ふざけてるか、俺をからかって……」

　笑い飛ばそうとしていた気分が、清史郎と目があった途端にしわしわと萎《しぼ》む。

　清史郎の静謐で真剣なまなざしに、その深さに、気付いたのだ。だから清史郎が再び話し始めたとき、継海は目を逸らすことができなかった。

「好きな人がやさしくしてくれたり、かばってくれたり、心配してくれたり……そういう小さな気付きと、ささやかな一瞬の交わりでうまれた歓びが、俺の中に積もるんです。くしゃっとした笑顔がかわいいとか、おいしそうに食べるとか、失敗したときに俺にだけ『やべっ』って顔を向けるのも。いっそ、その辺の段差でつまずいただけで愛しくなる。割り箸がきれいに割れないからって俺に割れって渡してくるのとか、ストレスたまると俺のボトルガムを勝手に食べてるのだって。そのお詫びのつもりなのか、コンビニでかならず俺の分のコーヒーも買ってくれるでしょ。継海さんからするとなんてことない日常も、継海さんを好きな俺にとっては、ぜんぶが、特別な出来事なんですよ」

清史郎が語る間、継海は呼吸を忘れていた。さっき清史郎から「豊平さんのことが、好きです」と言われたときより、胸を強くぐっと押されたような気がする。

「そ……そう……」

どどどど……と鼓動が速くなり、呼吸を再開してどうにか声を絞り出したら、清史郎がわずかに継海のほうへ身を寄せた。ほんの少しのことなのに、継海は背筋を緊張させる。

「……好きです」

鼓膜に焼きつくような声だ。

「………」

「伝わりましたか?」

やさしく問われて継海が目を泳がせながらどうにかうなずくと、清史郎は満足そうにほほえんだ。

たとえ人を好きになったことがなくても、清史郎の想いがどれほどのものなのかを知るには充分だった。

□3□

人を愛する能力が欠けてるのかも、とはっきり思ったのは、大学生の頃につきあっていた彼女にふられたときだ。

「けっこう好き、まぁまぁ好き、わりと好き。つぐくんの気持ちって、それ以上にはならないんだろうね」

たしかに言われてみれば、彼女よりも他のものが好きだった。ひとりだったら何をしようと自由で、ほっとできた。それを見抜かれていたのだ。

十時過ぎまで寝る日曜日が好き。ゲームの続きがしたい。彼女が作る時間ばかりかかるパスタより、ファミレスのハンバーグのほうがいい。

『彼女をつくろうとしないと、変なやつと思われる』『恋人がいるやつは勝ち組だ』——学生時代は、誰かが抱くそういうイメージや価値観の枠に縛られていただけだった。それがばかばかしいことで、相手を疲弊させるだけだと気付いてからは、もう何年もひとりだ。

そんな恋愛の武勇伝ならぬ失敗談を継海が清史郎に披露したのは、はじめてふたりで飲みに行ったときだった。

清史郎はそのときたしか「俺も、恋愛はあんまり……。今は仕事に集中していたいので」と話していたように記憶している。異動直後だったたし、清史郎がそう言うのを不自然には感じなかったのだが、その頃にはすでに継海のことをひっそりと想っていたわけだ。

顔が好きとか、イメチェンが衝撃的で刺さったとか、最初はそういう好意だったかもしれないが、清史郎の想いがどれだけ深いものか、今はもう知っている。とはいえ、ゲイではない継海は、その想いに応えることはできない。

それでも、『わたしはゲイなので、女性とはデートもお見合いも結婚もできません』という嘘を対外的にも社内的にも真実のものとし、そして護るため、清史郎のほうから『恋人のフリ』をすること提案してきて、継海は了承した。

もともと社員寮は二十九歳になると出なければならないので、退寮が少し早まっただけ。「家事はいっさいしなくていい」と言ってくれる同居人を得たくらいのつもりでいいのでは、と最終的にそんなふうに諾する気持ちになったが……。

「今日からここで同棲ですね」

にこりとほほえむ清史郎の横で、継海は「同棲……」と微妙な温度差で鸚鵡返《おうむがえ》しする。

清史郎は土曜日にひと足先に入居、継海はその日に休めない仕事があったため、翌日曜の午後に引っ越しを決行した。継海の衣類、ゲーム機、パソコンなど、なくても支障のない物はきのうのうちに清史郎の荷物と一緒に運んでもらうよう、業者にお願いしていた。

最寄りの目黒駅まで徒歩六分、1LDKの賃貸マンションは築四十年ほどだが、リノベーションされたきれいな物件だ。

港南の会社までは山手線一本で行けて、家からは三十分ほどの距離。会社から近すぎず、遠くもなく、予算内の物件を探してきたのは清史郎だった。

「継海さん、よろしくお願いします」

清史郎に右手を差し出され、継海も「よろしく」とその手を握り返す。

引っ越しに関する不動産屋とのあれこれ、会社への手続き、その他もろもろ、継海がやらなきゃいけないこと以外はすべて、日々の仕事をこなしながら清史郎がやってくれた。

毎月の賃料・敷金・礼金、引っ越しにかかる経費、同棲を始めるにあたって必要な購入品など、その辺りもきっちり折半の見積もりを清史郎に提示され、継海はざっと目を通して「了解」と査印した。とはいえ、しっかり見たのは金額くらいだ。

清史郎がリビングからベランダへつながる窓を開けると、爽やかな秋風が入ってくる。マンションの七階からは首都高の先に自然教育園の緑が見え、眺めも悪くない。

ところが、リビングから続く寝室が見えて、継海は目が点になった。

「……なんでベッドがひとつなんだよ……」

確認しなかったのは継海だ。だって当然、別々に寝るのだと思っていた。1LDKの寝室には俺が寝ていいんだろう（年上だし先輩だし）、というのは継海の勝手な思い込みだったらしい。

寝室の入り口で立ちどまっている継海の横に、清史郎が並んだ。

「1LDKで同棲なんだから当然です。万が一ここに誰か来たとき、別寝だと不仲を疑われますよ。よけいな詮索はされないに越したことはないです」

別寝の夫婦だって世の中にはいっぱいいるぞ、と思うが、それが互いの安眠のためだろうとじつは不仲だからだろうと、単純な印象としてたしかにラブ度は下がる。

「寝室にベッドを二台も置くと部屋が狭くなりますし。え、継海さん、まさかLDKのほうにベッドをもう一台置くと思ってたんですか？」

清史郎は「購入品の明細にも一台分しか載せてませんよ」と笑っている。

「クイーンサイズのベッド一台（同衾《どうきん》）、とは書いてなかった！」

「1・2リットルの電気ポットもひとつです。『生活を始めるにあたって不要な出費は抑えて、どうしても必要になったらあとから買い足します』って言ったら、継海さんが『任せた』って」

「い……い、言いましたけども！　『寮のシングルベッドは狭かったから、ちょっと広めがいいですね』っておまえが言ったんじゃん？　それがまさかクイーンサイズのベッドひとつって……！」

ベッドの相場なんて知らないし、社員寮では備え付けのシングルベッドだったので、ひとりに一台、セミダブルベッドでも準備してくれるのかと思ったのだ。

「今日から、い、いいいい一緒に寝るのっ？　おまえと、あ、あれにっ？　本気？」

継海はクイーンサイズのベッドを指さした。すでにしっかりと寝具も整えられ、今すぐに寝られる状態だ。

清史郎はすっと涼しげな目を少し大きくすると、頬をゆるめている。

「何もしませんけど……なんかしてもいいんですか？」

「ばっ、ばかじゃねーのっ」

継海は強硬手段とばかりに、ベッドのど真ん中に大の字になって寝転んだ。

「俺はここで寝る！」

焦りを感じながら横柄に先輩風を吹かせたものの、清史郎によって上掛けで簀巻《すま》きのようにぐるぐるに巻かれた。

「うわっ、ちょっとっ！」

簀巻きでころりと転がされ、ベッドの右側に寄せられて、その空いたスペースに清史郎が寝転んだ。継海は清史郎に背中を向けた格好なので、首を捻《ひね》って背後の清史郎を睨みつける。

「俺もここで寝ます」

「はぁっ？」

「俺が選んで、半分出して、配送の手配をしたベッドなんですから、俺にも主張する権利はありますよね。どうです？　寝心地いいな～って思いません？　まくらや寝具一式、事前に調べて、都内の店舗をいくつか回って、丸一日かけて選びました」

ベッドや寝具は『お値段以上』を謳うあの辺でまとめて買えるし機能面でも申し分ないだろう、と思っていたのだが。

「なんで……」

「一日のうち少なくても四時間、平均六時間から八時間をベッドで過ごすわけですし、快適な睡眠は健康に直結します。継海さん、寝てるときがいちばんしあわせだって前に言ってたし。ダブルベッドだと男ふたりで寝るには狭いんですよね。だからちょっと奮発してクイーンサイズで、上掛けは質のいいマザーグースダウンです」

――たしかに言いました。

惰眠を貪《むさぼ》ること以上のしあわせがないのか、と嗤われそうだが、事実なのだから仕方ない。

清史郎のあまりにも一途《いちず》な説明を聞いているうちに継海はだんだん申し訳ない気持ちになってきて、ついにしゅんとした。

面倒な手続きだけじゃなく、新生活に必要な買い物を任せたのは自分だ。彼が購入し、準備してくれたものに対して文句を言う権利なんかない。

――それに……ベッドとか寝具とか……ひとりで選んで、買ったのか……。

ふたりで暮らすためのものを、「やっておきますよ」と清史郎が言ってくれたからなんて、そんな言い訳を自分に許して。それなのに、清史郎は継海のことばかり考えてくれている。

しゅんとしたあと継海の胸にこみ上げたのは、どんだけ好きなんだよ、というとても本人に訊けない問いと、切なさだった。

——こんな俺の、どこがそんなにいいんだ？

継海はぐっとくちびるを引き結んだ。

「清史郎……ごめん。ぜんぶおまえひとりにやらせて。仕事しながら準備するのたいへんだったよな」

継海は簀巻きのまま謝った。背を向けていたのは好都合だ。今はあんまり顔を見られたくない。

もとはと言えば継海の嘘が発端だという部分でも、負い目がある。

それなのに清史郎は「謝らなくていいのに」と優しい声で継海を慰めた。

「ディレクターとして仕事をしっかりやってもらわないと、俺だけじゃなくてみんなが困ります。それにひとりだったから早く終わったんですよ。継海さんにあれやだこれやだって反対されても面倒ですし、ちょうどよかったです」

なかなか遠慮のない本音を言われているようで、継海は笑った。

「ひでーわ。一緒にいたら文句言ったと思うけど。そんでぜんぜん意見が合わなくて、何ひとつ決まんないパターンだろうな」

「そうなったらそうなったで、購入するときの手続きはどうせ俺がやるんだろうし、勝手にクイーンサイズのベッドを買って運び込めば、なんとかなります」

「けっきょくおまえの好き放題かよ」

継海は徐々に威勢をなくし、最後には沈黙した。

清史郎と同居すると決めてから、ひと月かかっていない。「早くふたりで暮らせるように」と清史郎ががんばる姿を見て、周りもふたりが恋人同士だと完全に信じたようだった。もちろん上司や常務もだし、社長からは「仕事もがんばって」なんてお祝いの言葉を直々に頂戴《ちようだい》する始末。

恋人宣言した当日こそ仕事でばたばたしていたせいでチームのメンバーもあれこれ突っ込んでこなかったものの、週末に急遽《きゆうきよ》決まった飲み会は「おめでとう」の乾杯で始まった。それ以降もこちらがいやな気持ちになるようなからかい方はされていない。

みんな良識ある大人だから、それがかえって、この人たちに嘘だとバレたらまずい……という罪悪感と恐怖心を煽《あお》られる。

『ドゥファクトリ』のお嬢さんからはお見合いデートの件にはいっさいふれられず、たまたま顔を合わせた際に「おめでとうございます」と祝福された。上司たちが彼女に気を遣わせないよう、うまく伝えてくれたのかもしれないが、そこまで確認していない。

そんなもろもろを振り返り、清史郎に対する申し訳なさで考え込んでしまったところもあるが、寝具があまりにも気持ちよくて、まったりとした気分になってきた。

背後から清史郎が「継海さん?」と問いかけてくる。

名前呼びされることにもすっかり慣れた。初日こそ会社のみんなも「え？」「おっ」と反応していたが、今やそれが当然になり、向かいの席の田島には「清史郎には名前で呼ばせてるなんて、豊平さんもかわいいとこあんのね」とほほえまれたりして。

「でも、丸投げして文句言ったのは、悪かったよ」

「継海さん。謝るんじゃなくて、ありがとうって言ってくれたら、それだけで充分です」

すべて、継海のためにしたことだから。

背後から清史郎の声がやけに甘く胸に響く。あらためて、めっちゃいいやつだ、と思う。

「……ありがとう……いろいろ、やってくれて」

清史郎は背後で息を漏らすように笑って、「はい」と応えた。

「……おふとん、気持ちいい。何これ。寮のとぜんぜん違うぞ。この羽毛布団、何のダウンだって？」

「最高位ラベル、ポーランド産のマザーグースダウンです。側地はシルクと綿が50%ずつで」

「ふぅん………やべぇ……さっそく寝そう」

午前中から部屋の掃除、粗大ゴミの集荷、退寮手続き、社員寮の関係者にあいさつなどしてまわってからの、現在十四時過ぎ。暗くなっても、横になっても、継海は元来それだけで眠くなるタイプだ。眠気を誘うのに充分すぎるほど条件が揃っている。

とろける気分になっていたら、継海の後頭部の髪に清史郎が遠慮がちにそっとふれてきた。そのほんの一瞬に肩がびくっとしたものの、清史郎の指がすごく気持ちいい。

——慰めてくれてる……のかな？

清史郎は継海をよく見ているからか、些細な心の機微にずいぶん聡いような気がする。

深くは入り込まず、頭皮のぎりぎりのところで継海の髪を梳く。美容室で洗髪されるときの心地よさに似て、継海は何を言おうとしたのかも忘れて口を閉じた。

あまりの心地よさにうっとりしていたら。

「——⁉」

簀巻きの上から、清史郎が腕を巻きつけてきたのだ。

「ちょっ……」

逃げを打つ前に捕まって、いよいよ本当に身動きがとれず、継海は蒼白になる。

「な、何っ、何っ⁉」

「ただのハグですよ」

「ハグッ？」

ただのハグ、と言われればたしかにそのとおりだ。

「夢だったんですよね。継海さんの髪にさわるのも、バックハグするのも」

少女漫画のように『壁ドン』『顎クイ』をされたい女性の話題をよく目にするし、反対に男側も『肩ズン』や『指先つなぎ』されたいというような、恋愛妄想シチュエーションがあるが。

「ゆ、夢って……」

「やっと叶いました」

大げさな、と言いそうになったが、継海は呑み込んだ。同じ会社の同性に今日までおおよそ一年もの間ずっと片想いしていたともなれば、そういう願望は『夢』に等しいのかもしれない。

――夢だなんて言っちゃうくらい……そんなに？

困惑している継海のことはお構いなし、清史郎はほっとしたようなため息をついた。

「俺の願望が叶ってるのもうれしいですけど、すぐ眠くなるほどベッドを気に入ってもらえてよかったです。ソファーやテーブル、電子レンジとか、俺の部屋で使ってたものを持ち込んで節約したので、その分、寝具は少し贅沢《ぜいたく》しました」

会社とは違う清史郎のおだやかな話し方に、妙にどきどきする。いきなりバックハグされて継海も最初は驚いて硬まったが、清史郎がこれ以上何かしてくる様子はない。

それが分かると、継海はゆっくりと肩の力を抜いた。

高級羽毛布団のおかげなのか、危機感が和らいだら再びとろんとした気分になってくる。

こうして清史郎にくるまれていると、最初は本当にびっくりしただけで、ハグされることに嫌悪感はないなと、ぼんやりしつつ考えた。

「もろもろ勝手に選びましたけど、いいですか？」

もうすでにベッドから出たくないくらいだ。継海は「うん」とうなずいた。

ところが会話が一段落しても、清史郎は離れるそぶりを見せない。

「いつまでこの体勢なんだよ」

「もう少し。がんばったご褒美が欲しいです」

腹が立つほど見事に、清史郎の策に嵌められている気がする。これがご褒美なら「ありがとう」と言った手前「離れろよ」とは言えない。

「おまえ……けっこうな策士だな」

「策士だなんてひどいな。好きだから、なんとかしてさわりたいだけですよ」

「マザーグースダウンの上から？」

「ワンクッションあれば、継海さんも怒んないかなって」

清史郎は継海をいっそう包み込んでくる。笑いながら、継海は戸惑った。たしかに、怒る気にはぜんぜんならなくて、清史郎がいつもと違う甘やかな話し方をするから、なんだかちょっと困っているだけ。ここから退散したいとも思わない。

清史郎と普通に話しているときには感じたことがないくらいに、今は心臓の動きがいつもより速く不規則なリズムで、それなのに心地よさを覚えている。とにかく自分の反応が少し変だし、不可解だ。

「俺、好きなんですよ。継海さんのこと」

「…………」

今ここでこうしている理由をあらためて明確に伝えられて、継海は胸がきゅうっと絞られた。

そういえば清史郎が彼自身の「継海を好き」という想いについて、さっきまでの会話の中にたびたび織り交ぜていたことにようやく気がついた。

「好き」とはじめて告白されてから今日まで、清史郎がもう一度その想いを口に出すことはなかった。会社でも名前呼びになった以外に特段変化はなかったし、引っ越しの準備の話をするときなんて、どちらかといえば業務的に感じていたくらいだ。

だから継海はなんとなく、シェアハウスとか友だちと同居を始めるようなゆるい感覚になりつつあったが、こうなると「やっぱりこれって同棲だったんだ」と意識しないではいられなくなる。

「もう少しこのままで喋《しゃべ》っていいですか?」

伝えたいことがあるという意味だろうから、これも「いやだ」とは言えない。

「継海さんが飲んだときに話してくれましたよね。『けっこう好き、まぁまぁ好き、わりと好き。それ以上にはならないいんだろうね』ってつきあってた人に言われたことがあるって」

「……大学のときの話、な」

「継海さんって、ただ、人を本当に好きになったことがないだけなんじゃないかな」

人を愛する能力が欠けてるのかも、との懸念があるくらいだ。

「……俺も自分で、そうかもなって思ってる」

でも、それでいいや、とは思っていない。自分を好きになってくれた人を悲しませてしあわせにはできそうにないと分かっているから、六年以上恋人のいない状況が続いているだけだ。

「俺、そういう継海さんみたいな人がこっちを向いてくれたら……って考えると、ぞくぞくするなぁ。燃えます」

「そういう清史郎みたいなタイプって、標的を攻略し終えたら興味なくすんじゃない？」

堕とすのがゴールで、満足感を得て恋愛が完結してしまう。するとまた別のターゲットに興味が移ってしまうやつだ。

「でも、べつに狩猟恋愛体質じゃないですよ。見向きもしてくれないノンケを追いかけるより、もっと効率的な出会い方だってあるし」

「ゲイバーとか、そういうお仲間さんとの出会いの場所で、ってこと？」

「そうですね。相手も同性を恋愛対象にしてるかどうかは、関係をスタートさせるファクターとして重要ですから」

ゲイバーは行ったことがないので、想像するにも限界がある。でもたぶん、よくあるクラブナンパみたいなものなんだろう。

――こいつが？　男を誘うの？　それとも誘われるのを待つ？

継海の範疇《はんちゅう》にない世界だとかいうことより、清史郎がどんな恋愛をしてきたのか想像できない。

でもバーカウンターに清史郎がひとりで佇《たたず》んでいれば、すぐに声をかけられそうだ。

「……おまえ、かっこいいし、めちゃめちゃモテそうじゃん」

じゃあそこで探せばいいんじゃねーの、とは、清史郎から好意を向けられている身だから、さすがに無神経すぎて言えない。

継海の背中で、清史郎はため息のような笑い声を漏らす。

「自分を受け入れてもらえる確率が低いとか、ハードル高いのは分かってる。でも損得だとか獲得できる確率なんか計算するより、継海さんを好きになるのが先だったので」

継海は肩に力を込めて身を硬くした。

耳が熱い。油断していると、清史郎の言葉にきゅんとさせられてしまう。

「も……もう、なんか、すげーな、おまえ。今までそんなんじゃなかっただろ」

いつも飄々《ひょうひょう》とした態度で、こんなふうに気持ちを熱烈にアピールしてくるようなやつだとは思ってもみなかった。

「いつもこんなじゃないです。ノンケにアプローチするのもはじめてだし。でも好きな人と同棲なんて奇跡みたいなチャンスが転がってきたんだから、ぼんやりしてられませんよ。俺といたらしあわせだって身に沁みるまで、口説くし、尽くします」

可能性は1％から『ある』。あわよくば、俺は豊平さんの心を動かしたい――清史郎はそう話していた。その言葉どおり、こんなふうにバックハグされて口説かれて、継海自身の性的指向に関係なく清史郎の想いに心がびくんと跳ねている。

「継海さんが悲鳴を上げそうなことをひとつ教えてあげます」

「……なんだよ」

「絶対に男がダメだったら、こんなふうにバックハグなんてさせないものなんですけどね」

継海は言われたとおり「えっ⁉」と悲鳴を上げた。清史郎は楽しそうに笑っている。

「こういうふうにされること自体を、我慢できないいんですよ。生理的に無理ってやつです」

「放してくれません？」

「今さらそんなふうに拒否したって説得力ないですね。継海さんは酔ってて覚えてないだろうけど、俺にしがみついてくるし、べたべた甘えてくる。もともと抵抗が薄いんじゃないかな」

「べたべた甘えっ……おまえ、俺が覚えてないのをいいことに大げさに言ってるだろ」

肩にもたれかかる、腕にしがみつく、というのは以前聞いたが、表現がいっそう過激になっているから聞き捨てならない。

「よろけた継海さんを捕まえようとしたら前から抱きつかれたことも。一度ですけど」

継海はふわふわの上掛けに顔を埋めて「お願いだから忘れてください」と懇願した。

「……つまりそのとき『可能性はゼロじゃねーなコイツ』って、おまえに完全ロックオンされたわけだ」

「あぁいうことされると、どんどん好きになっちゃって、うれしくて、こっちは困るんだ。『イけるかも』って舞い上がりますけど、酔っ払ってるときだけだから、そこがブレーキになったたかな」

酔っていたとはいえ、無意識に清史郎の気を惹いていたなんて。

でも今はシラフにもかかわらず、継海が清史郎に対して嫌悪感を抱いていないのは事実だ。心地よくて寝そうになったくらいに。

「人を本当に好きになったことがないんだったら、継海さんが男もＯＫな可能性が、なくはないと思うんですよね」

「勝手なこと言うなよ」

感謝の想いはあっても、これは恋愛感情じゃない。可能性が１％あったくらいで、かならずしも恋愛に結びつくわけじゃないし――継海はこんな状況でもまだそんなふうに、どこかのんきに構えていた。

清史郎が晩ごはんを作ってくれるというので、家事のいっさいを任せた立場の継海は、段ボールに入ったままだった自分の衣類をクローゼットにしまうなどしていた。

清史郎は「継海さんがすぐに新居で生活を開始できるように、部屋の中を整えておきます」と一日早く入居したため、彼自身の荷ほどきなどはもう終わっている。

最後にリビングのテレビにゲーム機の配線をして、動作確認も終えると、キッチンの清史郎の様子が気になった。かれこれ一時間経つが、夕飯のしたくが整う気配がないのだ。

継海はキッチンへ移動し「清史郎？」と声をかけた。

清史郎はしかめっ面でタブレットとスマホを睨んでいる。

「おまえ何やってんの？」

「あの……『顆粒コンソメを小さじ2』って、固形タイプだったら何個分でしょうか」

タブレットで料理アプリを開き、スマホで固形コンソメの分量を調べているらしい。

「一個分くらいじゃねーの？」

「……くらい？」

「だいたいでいいだろ。洋菓子作りでもないのにこまけーなっ。ていうか何作ってんの？」

「ロールキャベツ……？」

清史郎の目がどこか不安げだ。継海は眉間に皺を寄せた。

――なんでそこで作ってるおまえ自身が疑問形なんだよ。引っ越し初日にわざわざロールキャベツ。なぜロールキャベツ？

ロールキャベツが好きだとか、食べたいなどと言った覚えもない。そのチョイスも謎だし、継海にはじめてふるまう料理とはいえ、異様に不安そうなのも意味が分からない。

「え？　ロールキャベツが得意なわけじゃないの？」

継海の問いかけに清史郎が「そうですね」とにこやかに答える。

継海は「オーマイガッ」と天を仰いだ。

普通は得意料理とか、作り慣れたものにしないだろうか。

「い、いやいや、手の込んだ料理出せとか思ってないし」

「でも継海さんにはじめて作るので」

「う、うん？　がんばろうとしてくれるのはうれしいけどな。ていうかなんだこのキャベツ、まだ生じゃん？」

一枚ずつ剝いだとおぼしきキャベツの葉が、まな板の上にそのままだ。丁寧に剝ぐ努力も虚しく、ところどころが破れたり千切れたりしている。これを使うとタネが飛び出しそうだ。

「キャベツで巻くんですよね？　中身はなんとか作りました」

一時間ほどかけて準備したらしいロールキャンベツのタネが、たしかにボウルに入っている。

「巻くけど……キャベツをまず丸ごとお湯に浸けて剝がないとさ」

「キャベツを丸ごとお湯に？　剝いでからじゃだめなんですか？　キャベツをまるごとお湯に入れると、一個ぜんぶ煮えちゃいますよね」

目をまん丸にして問われ、継海は「煮えねぇわ！」と突っ込んだ。

「おいおい、コンソメの分量はきっちりしてんのに、なんでだいじな工程をはしょるんだよ」

キャベツの葉を剝ぐ方法を、まるっと無視したらしい。料理に慣れた者なら、このキャベツの葉の複雑な重なり具合を見れば、生のまま処理するのがかなりむずかしいことは分かるはずだ。

「……まさかと思うけど、得意じゃないとかじゃなくて、ロールキャベツ作るのはじめて？」

とてつもない不安がよぎる。さっき清史郎は『継海さんにはじめて作る』と言った。他では作ったことがあるのだと解釈したが、もしかして違うのだろうか。

「はい。はじめてです」

「だからせめて得意料理作れや」

がんばりどころがオカシイだろ、と半眼で笑いそうになるが、清史郎なりに「手の込んだものを」との気持ちだったのはよく分かった。

手順も料理のワンポイントも分からず、ぽわっとしている清史郎と見つめあうこと数秒。

「あぁ、もうっ！　そこどけ！」

継海は清史郎を押しのけて、丸いキャベツを手に取った。

「そもそもキャベツの選び方が悪い。ロールキャベツを作るなら、こういうボッコボコのじゃなくて、葉の巻きがきれいに揃ってるやつを選ぶんだよ」

「外から見て分かるんですか？」

「ひと目で分かるだろ。今度スーパーに行ったときにおしえてやる。深めのフライパンでいいから、お湯！　キャベツを破らずにきれいに剝ぐことから！　いろいろ方法はあるけど、このキャベツは生のままだと無理だ！」

お湯が沸いた深型フライパンに、芯をくりぬいたキャベツを投入。しばらくするとひらひらと葉が剝がれてくる。

「……それより清史郎、ごはんは？　白米は炊いてる？」

ここから離れたところにある炊飯器は外から見ただけじゃ分からないが、なんとなく動いているような気配がない。

案の定、清史郎が「……あっ」と小さく声を漏らしたので、継海は低い声で「今すぐ炊け。三合、急速で」と命令した。ところが白米に加えて玄米だの十六穀だのを出しはじめ、「その辺を入れるなら事前に吸水させせないとおいしくならない！　今日はもう白米オンリーで！」とさらに指示を飛ばす。

「この小一時間かけて作ったタネは味付けしてるんだろうな？」

「だいじょうぶだと思います。たぶん」

そこはかとなくあやしいが、生肉を味見するわけにはいかない。さっき調味料の分量にやけにこだわっていたから、タネのほうは信用し、下茹でしたキャベツでてきぱきと巻いた。

冷蔵庫の野菜室からニンニクを一片とセロリを少々。さらにベーコンを一枚。その料理アプリには載っていない食材だ。それらすべてロールキャベツを煮込むためのコンソメスープに投入した。

「セロリ？　ベーコンも？」

「出汁《だし》になるし、ベーコンから燻製っぽい香りがついて味に深みが出る」

浅めのフライパンにロールキャベツを敷き詰め、コンソメスープで煮込む。その待ち時間で、清史郎がぼろぼろにしたキャベツを使ってコールスローサラダに。千切りの人参とキャベツに塩を振って、柔らかくなるのを待つ間に、それを和《あ》えるための調味料を準備する。

「継海さん、手際いいですね。早くて、しかもきれいだし」

「料理っていうのは、買い物の段階から頭ん中で完成までのフローを組むもんだ。まとめ買いするならそのときに数日分の献立を考えなきゃ、食品ロスが出る」

コーン、ハム、塩もみした野菜に調味料を入れてすべて混ぜたら、ぼろぼろキャベツを救済したサラダのできあがりだ。あとは食べる直前まで冷蔵庫で冷やしておく。

「ロールキャベツもいいかんじ。ローリエとトマト缶あれば入れたんだけどな。スパイス類もぜんぜんたんないし。タネにナツメグ入れたほうがうまくなる」

「スープをトマト味にするんですか？」

「シンプルなコンソメ味でもいいけどさ。トマト系の味付けのやつが好きなんだよ。パスタとか、ドリアとかも」

清史郎は「覚えておきます」なんて返すが、ロールキャベツがこの調子なので期待薄だ——とそこまで考えて、継海ははっとした。

なんかいろいろおかしい。最初からぜんぶおかしい。

「……家事はいっさいしなくていいって言われたのに、なんで俺が料理してんの？」

考えてみたら、清史郎の言動は総じて料理初心者のそれだ。

シンクには使ったボウルや軽量スプーンなどの汚れ物がひたすらたまり、清史郎に『料理しながら片付ける』という概念がないのが分かる。

コトコトといいかんじに煮込まれるロールキャベツを見下ろし、ここまでをもう一度振り返って、継海はじろりと清史郎を睨んだ。

「おまえ……さては普段から料理してないな……？」

「そういう継海さんは『料理しない』んじゃなかったでしたっけ？」

「質問に質問で返すな」

すると清史郎はいい顔で「ほとんどしたことないです」とうなずいて、はっと表情を変える。

「でもごはんは炊けます！　あと、目玉焼きとか、ウインナーを焼くとかだったら」

「米を炊くのは炊飯器様だろーが」

のんきな答えを聞いて、継海の蟀谷《こめかみ》がびきっと引きつる。

「……っざけんなよ。『家事はいっさいしなくていい』っつったのはどこのどいつだ」

「料理アプリ見ながらがんばれば、できるかなって」

「はあああああああ？」

口がそのまま開きっぱなしになった。

食材選びからなっていない清史郎が、ちんたらとアプリを覗きつつ『中火で』を無視して『強火で』炒めるのや、「ナンプラーはないから……醤油でいっか」と他の調味料で代用する姿を、継海はこの先、黙って見ていられないと思う。

継海はシンクのへりに両手をついてうなだれた。その手が震える。継海の家事参加は『はなから求めてません』とまで言われたのに、これはいったいどういうことなのか。

「おまえ……『家事はいっさいしなくていい』はハッタリだったのかよ」

この様子だと継海が毎食、この男のために手料理をふるまうことになりそうだ。

「俺はな……小学五年の夏休みをきっかけに姉ふたりから食事を作らされるようになって、共働きの両親に代わって毎日毎日……大学を卒業するまで十年以上、家族五人分のごはんを作ってきたんだ……。社員寮に入って、『もう俺は料理しない』って決めた。人に作ってもらったごはんをただ食べる、そんなしあわせをやっと味わえてたんだぞ……」

四つと五つ上の姉ふたりに「つぐちゃんが作ってくれるごはん、最高においしい！」と唆《そそのか》され、継海も最初は喜ばれて褒められるのがうれしかった。母が早く帰宅する日はもちろん母の手料理だったが、その母からも「わたしが作るのよりおいしい！　プロ級！」とおだてられる始末。

とくに姉たちはごはんにお菓子にとリクエストも遠慮がなく、『料理上手のつぐちゃんが作ってくれるのが当たり前』と思っている節があった。

しかし実際、姉が作ったくそまずいチャーハンを食べるくらいなら、自分で作ったほうが百倍おいしい。だったらもう文句を言わずに俺が作ってやる、という具合だった。

過去つきあっていた彼女の前では作ったことがない。姉の二の舞になりそうだとさすがに学習していたからだ。しかしそのおかげで、彼女による味がしない伸びたゴムみたいなパスタだとか、なんかたりない生焼きハンバーグに対しお世辞を言いながら食べることに苦痛を覚え……料理ができるせいで、恋愛面にも影響を及ぼした。

家族の喜ぶ顔が見たくて、などと殊勝な理由なんてない。料理が趣味なわけでもなく、食べ盛りの自分が健やかに生きていくため、家族のためにやっていたのだ。作らなければならないから作る、まさしくおかあさん状態。

ほんとは誰にも邪魔されずにゲームしたい。コーラとポテチでだらだら漫画読みたい——そんな、思春期にたまりにたまった願望を、ひとりになってからようやく謳歌、自由を満喫しストレスを発散していたというのに。

「そのおまえが『できる』とぬかした目玉焼きも、どうせリクエストどおりにうまく焼けないんだろ？　ちなみに俺は、黄身は半熟、まわりの白身の端がかりかりのほうが好きだから、焼くときに水を入れない派だ」

「えっ……はい……？」

清史郎は『では何をどうすればいいのか見当もつかない』といった顔をしている。

継海は憤懣《ふんまん》を呑み、首を傾げている清史郎の顔をぎろっと睨んだ。

「まじでふざけんなよ……上げ膳据え膳の同棲じゃないのかよ。こんなの詐欺じゃん！」

「これを機にがんばります」

訴えを無視した前向きな返答に、継海は「うはぁ～」と大きなため息で脱力し屈み込んだ。

そうしながらも、急速炊飯の白米があと少しで炊ける、コールスローサラダを冷蔵庫から出すのをうっかり忘れないように、と頭の隅で考える。

「だいたいさぁ……俺だってそう頻繁に作りたくなるような料理じゃねーよ、ロールキャベツなんて。よりによってなんでこれ作ろうって思ったんだ」

「ネットで『アラサー男のココロを掴む、胃にもやさしいモテ料理』っていうまとめ記事を見つけたので。簡単に作れるのに『おっ』と思わせるメニュー、って書いてあったんですけど……」

――アラサー男……胃にもやさしい……。

年上のアラサー男子に対するお気遣い、痛み入る。

しかしこの状況が、胃にストレスによる負担をかけていることにも気付いてほしい。

「あ、継海さん、ロールキャベツがいいかんじにできあがったみたいですよ」

清史郎のいいところは、多少きつく当たっても、逆ギレしないしぜんぜんへこまないところだ。

まだまだ文句を言いたいところだが、作った料理をおいしいうちに食べなければ。

米が炊けた合図の音楽が流れるとともに、継海は屈んでいたところから立ち上がった。

清史郎が気を利かせてしゃもじを手にしたのを、「炊きたての米をかき混ぜるな」と制止する。

昨今の炊飯器は性能がいいので、蒸らしまで終わってから報せるようになっている。かき混ぜることで米粒を潰してしまい、いい米が台なしだ。

「清史郎、ごはんはあとでいいから、こっちの盛りつけの器を出して。あ、オリーブオイルある？　最後にちょっとたらす用に……」

「ロールキャベツに？　へぇ～」

――へぇ～、じゃねーわ!!

腹の底がぐらっと煮え滾《たぎ》りそうになったが、ふわんと香ったコンソメスープに空腹の胃袋を刺激され、秒で食欲に負けた。


『家事はやらなくていい』が当初の約束だったのだし、清史郎が夕飯の後片付けをやってくれている間に継海はお風呂に入った。けっきょく半分以上料理をしたのは継海だったという点でも、遠慮の気持ちは一ミリも湧かない。

――清史郎……仕事はできるのに、料理のあの手際の悪さ……おかずに必死になるあまり炊飯を忘れるとか、おとぼけにもほどがあるだろーが。怒る気もうせるわ。

バスタブに浸かり、ふぅ～とため息をつく。

ロールキャベツとコールスローサラダを、清史郎は「めちゃめちゃおいしいです」とうれしそうにもりもり食べていた。「引っ越し&同棲初日だから乾杯しましょう」と清史郎がワインを開けたのに、それを飲むのを忘れるくらいに夢中になって食べてくれて。そういう反応をされると、いらいらしたのも忘れてしまう。

――一時間もかかってあいつが作ってたタネもちゃんと味がついていてたし。しかしあの夫婦《めおと》茶碗の衝撃たるや……お揃いのお茶碗とお椀と箸をどんな顔して買ったんだ、あいつ。

購入品のリストには『食器』としか書いていなかった。明記すれば継海に突っ込まれそうなところをあえてぼかして書いているところに、計画性と腹黒さが覗く。

思い出し笑いでゆるんだままの頬を、継海はむにむにとつまんだ。

家族以外の人にごはんを作ったのははじめてだ。継海が作ったごはんを姉たちが当たり前みたいな顔で食べる姿ばかり見てきたので、清史郎の反応が新鮮に感じた。「継海さんの手料理が食べられるなんて、しあわせです」と大げさなほどうれしそうで、継海はその笑顔にごまかされそうになったが。

――『家事は俺がやります。そこを継海さんには、はなから求めてません。手伝ってくれたらうれしいけど、強要する気はありません』ってあいつが大見得きったの、俺は忘れないからな。

そのくせ料理初心者だなんて。しかし清史郎は食事をしながら「継海さんに褒めてもらえるように料理がんばります」と言っていたから、べつに継海を騙すつもりはなかったのだろう。

できないなりにがんばろうとしてくれたのは伝わったし、料理アプリを頼りに一時間もひとりで奮闘してくれた。一時間もかかってタネしかできてなかったけど。できるやつのダメすぎポイントを知ると、ちょっとかわいいな、と思う。また頬がゆるむ。

——なんでまったくできないことを『ぜんぶやる』って宣言したんだよ。どうにかなるって思ってたんだとしたら……ばかだろ、あいつ……。家事なめんな。

そもそもどうして今まで料理をしなかったのか訊いたら、料理・掃除・洗濯などの家事に譲れないマイルールがあるタイプの母親だったらしい。

継海自身は掃除と洗濯については料理ほどこだわりがないし、寮の清史郎の部屋を見たかんじからして、その辺はちゃんとやってくれそうだ。

——なんか知らんけど、バスタブに数滴たらしてくれたアロマオイル？　いいにおい……。

リラックス効果があるらしく、まったりとした気分になる。アロマグッズに嵌まる男性も多いと聞いて継海は「しゃらくせぇ！」と思っていたが、これはたしかにいい。

風呂上がりには、用意してもらったパジャマに袖を通した。

社員寮では夏はTシャツにステテコ、冬はスウェットというお洒落度ゼロの格好で、「ちゃんとしたパジャマは持ってない」と継海が言ったから、清史郎が準備してくれたのだが。

よく見ると上下で二セット置かれている。継海が着たのは濃いグリーンで、もうひとつは濃紺の色違いだ。

「……え、これ……色違い……？」

——……う、わあっ、おおお男とペアルックのパジャマ……！

強烈すぎて五秒ほど石化した。清史郎の所業は良くも悪くもすべてにおいて、継海の想像を遥かに超えてくる。

「……なんだこの……新婚初夜感……」

声に出せば恐怖が爆増しした。

石化している場合じゃない。パッケージからしてよさげなボディーソープ、シャンプーとコンディショナーで全身をきれいに整え、アロマの香りを身に纏《まと》い、用意してもらった高価そうなパジャマ（ペア仕様）を着ると、「これは何かの準備なのか？」という気がしてくる。

お風呂タイムですっかりリラックスしていい気分になっていたが、まるで『注文の多い料理店』の紳士のように、知らぬ間に身体まるごとおいしそうに味付けされたのではないだろうか。

「……何、何何何っ？　俺……今から抱かれんの？」

つぶやいてから「あわわ」と床に座り込んだ。変な想像をしたせいか、図らずも乙女座りだ。

「待て待て待て。いくらなんでも。俺はぜんぜんそういうつもりないし。あいつも無理やり俺をどうこうしようとは……思ってないよな、さすがに」

しかし今日も清史郎はあいかわらず「同棲、同棲」と繰り返し、継海もつられて「同棲」と言ってしまっていた。だが、継海の気持ちの上では『同居、シェア』のままだ。

好きだと言われた。でもその先は深く考えていなかった。考えることから逃げていたのだ。男から肉欲をぶつけられるなんて怖すぎる。想像もできない。

「でもいきなりバックハグとかされちゃったし……ベッドはひとつだし……夫婦茶碗だし……」

うろたえてパニックになりつつ、継海は耳を塞いで頭を抱えた。

自分よりでかい男にのっかられたら、同じ男とはいえ逃げきれるだろうか。見た目以外、清史郎の身体的スペックの詳細を知らない。じつはあらゆる武道に精通している猛者《もさ》かもしれない。

そんなことをぶつぶつと唱えていたら、「継海さん？　開けますよ？」の声とともに脱衣室のドアが突然開いた。

縮こまっている継海と目が合うと、清史郎がはっと息を呑んだ。

「えっ、どうしたんですか？　具合悪いっ？　湯あたりしました？」

へにゃっとした乙女座りの継海を見て、清史郎が飛びつくようにひざまずく。

「い……いや……ちがう……」

洗い物をしていた清史郎の冷たい手をひたいに当てられて、継海は思わず目を瞑った。

それからすぐにそっとまぶたを上げると、心底から心配そうな顔の清史郎がいる。

こんな男前が自分を好きだなんて、その心と美男を無駄遣いしているとしか思えないが。

——こいつ……夫婦の営み的な、俺にそういうやらしいこととかしたいわけ？

「具合が悪いわけじゃないんですね？」

しかし清史郎からは、そんな性的な意図はまったく感じない。

少女漫画なら画面上でキラキラとハレーションを起こすくらいの清史郎のすがすがしいイケメン具合がまぶしくて、継海は耳を熱くしながら「だいじょうぶ、ぜんぜん」とどうにか返した。

――変なこと考えたせいで一方的に意識しちゃって、ばかだろ俺！

清史郎はほっとしたような笑みを浮かべている。

「びっくりした……長風呂じゃないって聞いてたのに、けっこう長いから心配になって。何度か外から声をかけても返事がなかったので焦りました」

もだもだ考え込んでいたせいで、清史郎の声に気付かなかったようだ。

「じゃ、入れ替わりで俺が入りますね。お風呂上がりに飲む常温の水、テーブルに置いてますから飲んでください」

「……あ……うん……」

清史郎は継海の腕を摑んで、ひょいと引っ張り上げてくれた。


入浴後は、ふたりともリビングで過ごした。

テレビもついているけれど、お笑い芸人の楽しそうなトークが耳を素通りする。いつでもすぐにできるようにゲーム機をつないだのに、今日はやる気にならない。

　継海は手足をだらんとのばしてソファーに寝転び、ぼーっと天井を見上げた。清史郎はそのソファーを背もたれにし、下に敷いたラグに座ってスマホを弄っている。ちらっとその画面を覗いたかんじでは、ウェブ検索中らしい。

　おそろいのパジャマを着た清史郎がリビングに戻ってきたとき、継海は緊張し、目を合わせず知らん顔をしたが、べつに意識するほどのことでもなかったようだ。

　考えすぎて、ひとりで勝手に緊張して、ばかばかしい——そう思ったら気が抜ける。

「継海さん、あしたの晩ごはんのメニューは会社で相談しましょう。一緒に食材を買って帰ってもいいですし。買い物は午前中に俺が行った目黒駅出てすぐのスーパーか、あとは白金台駅に向かってここから歩いて五分くらいのところにもスーパーがあって。あした白金台のほうに行きましょうか」

　清史郎がスマホをこちらに向けて、地図アプリで「ここです」と示した。

「目黒駅のほうは他に比べて高値ですけど品揃えが個性的で惣菜が豊富、この白金台のほうは安心価格ってかんじですね。どっちも遅くまで開いてて便利そうです」

　継海は目線だけ遣《や》っていたが、身体ごとごろんと清史郎のほうを向いた。

「……おまえ、ろくに料理やったことないんだよな。たまになら惣菜もいいけどさ」

「はい。でもあしたの朝ごはんも作ります」

「俺好みの目玉焼きも焼けないのに？」

清史郎はそう言われて『黄身は半熟、白身の端がかりかり』の指定を思い出したらしく、「どうやって焼くんですか？」と訊いてきた。

料理をやる気はあるものの、その知識がまったく追いついていないのだ。任せていたら遅刻しそうな気がしてならない。

「俺も手伝うから、起こせよ」

すると清史郎はうれしそうに「はい、起こします」とうなずいた。

「……んだよもう……けっきょく俺がやんなきゃじゃん」

「料理はこれから覚えます。完璧に習得して、継海さんに任せてもらえるようにするんで」

その自信はどこから来るんだよ、と問いたいが、満足そうな清史郎の顔を見ていたら、しょうがねーな、という気持ちになって笑ってしまった。とにかく一生懸命な想いは伝わるから、憎めない。

「そういえば、田島さんのところも共働きだから、料理の時短テクとか詳しく知ってそうなことを話してました。休日に作り置き食材活用とかやってた頃もあったそうですけど、けっきょく面倒で『ぱぱっと作れるやつですませちゃう』って」

「へぇ……田島さんとそういう話とかしてるんだ……」

それは初耳だ。田島は男が気付かない主婦目線の意見もくれそうだが。

「清史郎が料理を始めたなんて聞けば、他の女性社員もアドバイスしてあげたくなるんだろうな」

するとと清史郎が目を大きくしたので継海はそこではっとした。今の言い方だと、継海がつまらない嫉妬でもしているように聞こえたのでは、と思うと恥ずかしくてたまらない。

「べつにそういう、やきもちとか、変な意味で言ったんじゃないからな」

言葉を重ねれば重ねるほど、清史郎は目を瞬かせるし、おかしなかんじになってくる。

「だからっ、違うって。あ、もうっ、なんっだよそのニヤケ顔！」

そんな継海の前で、清史郎はあいかわらずうれしそうだ。

「なんか……同棲してるなぁってかんじがしますね」

「どこがだよっ」

ソファーでごろごろしているだけだ。それでも清史郎は座面に肘をついて、継海の顔を満足げに眺めている。おだやかだけど「好き」が溢れるような表情で、継海はそれを見て少し笑った。

継海が大きなあくびをしても、尻をかいても、清史郎はうれしがりそうだ。

「おそろいのパジャマも同棲っぽいですね」

「おまえが勝手に用意したんだろうが」

継海があえて避けていた話題を、清史郎が楽しそうに引っ張り出してきた。でもそのおかげで笑い話にできる。

「なんか言われるかな、って思ってたけど、継海さんからとくにコメントがないし」

「どういう反応したらいいのか分かんないんだよ、こういうの！」

「あ、困らせたのか」

「いや、べつに……困っては、ない。ビジホでも宿泊客は全員おそろいの寝間着だし」

「どういう納得の仕方なんですか」

楽しげに突っ込んでくる清史郎を見て、継海もほっとした心地で笑う。ほんとはびびったし困ったけれど、それを伝えて清史郎をしゅんとさせたくないと思った。

「柔らかで、着心地がいいな」

「冬でもパジャマは綿素材のものがいいそうです。これはオーガニックコットンの綾織りWガーゼってやつで」

「……ふぅん」

自分に好意を持つ男と一緒に暮らす——継海の二十八年に備わった価値観の中ではあり得ない事態だ。だからこそついよけいなことまで変に意識して考えてしまうけれど、清史郎の反応を見れば杞憂だったと感じる。

「継海さんは、やさしい」

「……ここまでの会話のどこにそんなポイントが」

「俺を傷つけないように、ぐるぐる、すごい考えて、けっきょく俺を放っておけないところも。そんなんじゃ、つけいる隙を与えますよ」

「それ、おまえが言うの？」

清史郎は目を細めてほほえみ、「あぁ」とソファーの座面に顔を伏せて呻《うめ》いた。

なんの嘆きかと様子を見守っていると、清史郎が俯けた顔をゆっくりと上げる。切なげな表情で見つめられて、継海は目が合ったまま逸らせなくなった。

「俺、こんなに人を好きだって想うのはじめてです。継海さんに、好きって想われたい。これまでは目の前の相手の気持ちがどこにあるかなんて気にならなかったのに、今この瞬間も、継海さんが俺をどう思ってるのか、すごく気になります」

そう言って、継海のほうに清史郎が少し身を乗り出してくる。

「継海さんは俺のこと、これくらいは、好きですか？」

清史郎が親指と人差し指で、五センチくらいの幅を作って見せた。

――なんちゅーかわいい質問してくるんだこいつ。

端整な顔立ちの男に真顔で訊かれるギャップを、どう処理したらいいのか分からない。

「……そりゃあ、それくらいは。いいやつだなって思ってるよ。料理はアレだったけど意気込みは伝わるし、引っ越しのこととかも、いろいろすごいがんばってくれただろ。ていうかおまえ、俺がおまえをきらってるわけはないんだから、その訊き方ズルいって」

清史郎はふたつばかり瞬いて、何か考え込んでから再び口を開く。

ここでまた、予想だにしなかった飛び道具が飛んできた。

「継海さん、同棲を始めたことですし、お試しでいいから俺とつきあってくれませんか」

清史郎から五センチ幅の指をそのままで、新たに問いかけられる。

継海は「え？」と困惑で顔をしかめた。

「今日も話したけど、継海さんは人を本当に好きになったことがないんですよね？　だからとりあえず五センチ分の可能性でいいです。俺をもっと知ってからダメって言われたら、それはもうしょうがないけど」

今日、ベッドでした会話のことだ。男が生理的に無理だったらハグなんてぜったいにさせないはずだ、と清史郎から指摘された。

とにかく清史郎は、継海の想像もつかないことを次から次へと提案してくる。思いつきかもしれないけれど、真剣なまなざしで、必死なのも伝わる。

「もし継海さんに、他にちゃんと好きな人ができたら俺は引き下がります。やっぱり俺とは無理だっていう結論になっても、責めません。そこは合意の上、承知の上です」

「ちょ……ちょっと、待て」

「継海さん」

継海は寝転がっていたソファーから身を起こして、きちんと座り直した。

「……寝転がってする話じゃないだろ」

そう言いはしたものの、継海の頭も心も混乱している。自分自身がどういう結論を出そうとしているのか、自分でも分からない。

継海は清史郎の質問に対し、いつもありのままに答えていて、ごまかしたりしていない。清史郎のことは彼に今、言葉で伝えたとおり好意的に想っている。

「でも、好意と恋愛感情って違うと思うし」

「好意から恋愛感情になるかもしれないです」

「う……」

それは理解できるというより、「違うだろ」と反論できない。

今、清史郎以上に、継海に近いポジションの人間はいない。仲のいい友だちはいるけれど、このごろは顔も知らないネット上のユーザーとばかり会話している。

リアルの友だちと飲みには行っても旅行は稀《まれ》で、同居したいとは考えもつかないものだ。その必要性もないし、この年になれば恋人がいたり、個々の生活スタイルが確立しているから、簡単に他人と暮らす気にならない。いくら「家事はいっさいしなくていいです」と言われても、「じゃあラッキー、よろしく！」と横着に開き直れないものだ。

継海は両手で顔を覆った。

今回の件は自分にそもそもの原因があったとはいえ、どうして、清史郎と一緒に暮らすことを決めて実行に移したのか。

同棲の準備期間中に、なんとか同棲そのものを反故《ほご》にしようと足掻くことだってできたはずだ。

でも継海はそれをまったくしなかった。嘘を貫くためだけ、保身のためだけだったら、さすがに良心が痛んで耐えられなくなると思う。

継海は顔を覆っていた手を下ろして、ふぅ、とひとつ深呼吸した。自分の本心を話すために、いつもはしない覚悟が必要だ。

「同居はさ、そもそも気が合わないやつとかだったら論外だよ。でも清史郎といるのはラクっていうか……普段から酔っ払った俺の世話までさせて、甘えてるみたいでそこはほんとごめんだけど。コンビで仕事するようになって十カ月くらいかな、仕事の面でも助けてもらってるなって感じてるし、相方が清史郎でよかったなって思ってる……ってのは直接言ったことない、な」

「うれしいです」

おだやかにうなずく清史郎は、継海の足もとにひざまずいている。

「もし相手が女の子で、同居の誘いなんてされたら間違いなく断ったと思う。でも清史郎は俺にとって同じ会社の後輩の男で、気の置けない相方で、男友だちの感覚に近くて、『同居はまずいでしょ』とは思わないし……あ、俺の話したいこと伝わってる？」

「分かりますよ」

「それに、清史郎に『好き』って言われたからだろうな。そう言ってくれる人の傍にいるのは、正直、居心地よくて。それも、清史郎が居心地よくしてくれてるってことだろ。そうやって手放しでぜんぶ受け入れられて、おまえに好かれてることに、安心してるんだと思う。……そういうとこ、俺がズルいんだよ」

こいつほんとは俺のことどう思ってんだろ、なんて疑う余地もない。

「俺をどうしたいんだろ、とは考えるよ？　だからって、なんでもかんでも覚悟しようとしてるわけじゃないしさ。そこがたぶん、おまえが持ってる気持ちとは違うのかなって思うし……」

でも断る理由を探すと、継海の中に具体的なものが何も見つからないのだ。

「継海さん、隣に座っていいですか？」

「あ……ごめん、気がまわらなかった」

継海自身、だいぶ狼狽《ろうばい》している。

清史郎のための場所を空けると、継海の横に並んだ。

「継海さんは正直だな」

「おまえはまじめに告白してるんだから、俺に茶化されたらむかつくだろ」

すると清史郎は、うれしそうに見つめてくる。

「継海さんのそういう、意外とジェントルマンなとこ、好きです」

「おまえが茶化すのかよ」

「いいえ、ほんとにそう思ったから」

冗談かと受け取るほど、女の子にも言われたことのない褒め言葉だ。

そういえば仕事以外の部分で、自分の存在意義をこれほどはっきりと感じたことはなかったかもしれない。仕事で満たされていたので飢餓感もなかったのだが。

「継海さんは気付いてなさそうなんですけど、俺に好きって言われても不快に思ってなくて、今日だってシラフでハグもひとまずOKだったし、俺からすると、すでにいくつかハードルを越えてるんですよね」

「えっ」

指摘されてはっとした。それがゲイである彼にとって『ハードル』だったなら、継海はたしかに知らぬ間にクリアしている。

「継海さんは二十八年間、普通の恋愛だってままならなかったんですよね。さっき『なんでもかんでも覚悟しようとしてるわけじゃない』って言ったけど、知らないことを覚悟なんてできないのは当然です。だから、お試しでつきあってみましょう、ってことです」

反論できず、継海はただ「う……」と短く呻いた。

「でも……そもそもおまえと『つきあう』ってどういうことなのかもよく分かんないし」

理詰めで追い詰められて目眩《めまい》がしそうだ。清史郎が少しずつ継海のほうに前のめりになっているから、ソファーの端のどんづまりで実際にこれ以上逃げ場がない。咄嗟に盾にしようと座面に上げた脚も、折り曲げたまま押しつぶされる。

「きよしろっ、ちかっ、近い……」

「キスしたら、分かるんじゃないかな」

「は、えっ？　わっ」

「試すだけですって」

試すだけ、という言葉に唆されたその一瞬を、見抜かれたかもしれない。

ぎっ、とソファーが軋《きし》むのと同時に、そっとくちびるが重なる。

継海は瞠目して奥歯をきつく噛み、清史郎からのキスを受けとめた。

くちびるにふにっと柔らかな感触のあと、すぐに離れ、清史郎が継海の顔を見るなり肩を震わせて笑いだす。

「……何笑ってんだよっ」

「絵に描いたみたいにがちがちすぎて。そこまでびっくり顔にならなくても」

「キス待ち顔でもしろっていうのかよ」

すごい覚悟をした気がするのに、そんなふうに笑われるなんて心外だ。

「あざといのは、ちょっと」

「文句しか言わないし」

「それは『せっかく俺がさせてやったのに』ってこと？」

「ああ言えばこう言う」

継海が睨めても、清史郎にはぜんぜん効かないらしく「楽しいですね」とほほえむ。

「楽しくなんかねーわ。べつにたいしたことなかったしな」

強がりではなく、口と口がくっついただけのキスになんの感慨も湧かない。

すると清史郎が「お？」と変な反応をした。

「じゃあ、もう一回」

「何が『じゃあ』なんだよ」

「たいしたことないっていうのはつまり、平気だった、ってことですよね」

「口がくっついただけだろ。お笑い芸人の男同士でやってるみたいな。おまえがへたなんじゃねーの？」

売り言葉に買い言葉だ。すると清史郎が「へたって」と破顔する。

「くやしいので、やり直し、していいですか」

「は？」

「今度はちゃんとします」

リトライ宣言に半笑いになっていると押しつぶされそうなほど接近され、反射的に顔を背けようとすれば手で両頬を挟まれた。

「ちゃんとしてくれなんて頼んでないっ……」

しっかり目を合わせて、清史郎がほほえむのを間近にしてから焦っても遅い。

軽くくちびるがふれる。それだけですぐに離れたものの、ふたりの距離はほとんど変わらないまま眸を覗かれた。

これで終わりかと思ったが、考えが甘かった。反応を確認されただけだったのだ。

継海がわずかに肩の力を抜いたとたん、清史郎が顔の角度を倒して深く重ねてきた。

「……っ」

キスと同時に頬を包むように添えられていた清史郎の指が、さりっと、耳のうしろの頭皮をこする。性的な行為を意識させる場所じゃないのに、継海は身を竦めるほどそれに感じてしまった。

——う……うわっ……。

やさしくかわいがるようにくちびるの薄皮を啄《ついば》まれて、互いの粘膜がほんの少しふれあう感覚に背筋にぞくぞくとしたものが走る。それが足まで伝播《でんぱ》し、思わずつま先でソファーの皮革をかいた。その素足を、清史郎にくるぶしの辺りまでそっとなでられる。このシチュエーションで、そんなところを人にさわられるのははじめてだ。

困ったことに、清史郎がふれているところがどこも気持ちいい。

おそらく三十秒くらい。キスの直前に抵抗しようと出した手は上滑りしたあと行き場をなくして、継海の意識の中から消えていた。その手を清史郎に握られて、ぼんやりと見下ろす。

清史郎を突き飛ばすことはできた。蹴飛ばすことだってできたが、そうしなかった。

「継海さん？」

呼ばれて、酔っ払ったように目線を上げる。

さっきみたいにぷっと噴き出して笑ってくれたらいいのに、清史郎はただうれしそうだ。

継海は身の置き所がなく、そのまま視線を泳がせた。

「……キスって、こんな気持ちよかったたっけ」

ひとりごとを目の前の清史郎に聞かれるのは分かっていたけど、隠したいとは思わない。

彼女いない歴六年だから思い出せないのかも、と考えたけれど、たぶん違う。清史郎は変に押しつけるわけでもなく、キスで「好きです」と、いつものように伝えてきただけな気がした。

そんなキスは、はじめてだ。というより、そういうキスを受けとめたのが、だろうか。

清史郎がまっすぐに想いを伝えてくるから、継海も嘘がつけなくなる。

ふれあうだけのくちづけで、こんなふうにとろんとした心地になるとは思ってもみなかった。

「継海さんのぶっちゃけ方、好きだな」

継海の正直な感想に、今度は清史郎も笑っている。

「キスすると脳内にエンドルフィンが出て、痛みを和らげて多幸感をもたらすらしいです。ストレスを緩和してリラックスさせる。キスセラピーっていうらしいですよ」

「……健全な理由付けだな」

「きらいな相手とだったら、すべて無効化されて嫌悪とストレスしか感じないですから」

たしかに。清史郎だから、気持ちよかったのだ。

清史郎が継海の素足に置いたままだった手で、足首の辺りをゆるくこする。いやらしいかんじはしなくて、セラピストにマッサージを施してもらっているような、まったりとした気分だ。

「継海さん。お試しでいいから、つきあってください。お試しだから、継海さんにはこの関係を維持するべき責任はないし、継海さんがいやがることはぜったいしません」

「維持するべき責任……。何それ、たとえば俺は浮気し放題ってこと？」

「そうですね。最初に言ったとおり、継海さんに他に好きな人ができたら、仕方ないです」

——譲歩のつもりかもしれないけど、……変なの。

もやもやする。好きなのに「ご自由にどうぞ」と放牧されるのは継海の中にない価値観だ。でもそこを束縛したら、『お試し』にならないというのは理解できる。

「だからよそに気を向けられないように、愛します。他のやつなんか勝負にならないって、どうしようもないくらい分かってもらわなきゃ」

——なるほど。仕方ない、でも負ける気もしない、ってわけだ。

継海は肩を揺らして笑った。

「こんなこと言われたのもはじめてだ」

「俺もこんなこと言うの、はじめてです。浮気はぜったい許せないタイプですし。浮気してもいいよって譲歩しなきゃつきあってくれないような人なんて、いやですよ」

清史郎の言い方に、また継海は「おもしろすぎる」と笑った。継海だってそんなやつはいやだ。

すると清史郎が、継海の折り曲げたままだった脚にいきなりぎゅっとしがみついてきた。

何事かと見守っていると継海の膝にひたいをのせ、噛みしめるようにため息をつく。そしてそこから顔を上げると、清史郎は継海に薄くほほえんだ。

「お試しですけど俺とつきあってください。……お願いします、継海さん」

清史郎はやや緊張した面持ちになって、継海の返事を待っている。

お試しのつもりでいいなら——継海は一途な清史郎の目を見つめた。

「……うん」

うなずくと、清史郎が噛みしめるように「やった」と小さくつぶやいて、継海はその子どもみたいな反応にまた笑ってしまう。

ちらちらと目が合い、見つめあっていたら、清史郎が身を乗り出してきた。

すでに一度受け入れたことなので今度は前置きも断りもなくキスされる。

そっと想いを重ねるだけのようなくちづけだ。

すっと離れたのもつかの間、再び清史郎が顔を寄せてくる。小さなリップ音を立てて、続けざまに三度。何回もされていると、だんだんキスそのものに慣れてくる。

「何回すんの」

「じゃあ、これで最後にします」

清史郎が継海の蟀谷の辺りから側頭部に髪を梳き、そのまま頭を支えると、顔を傾けてくちづけてきた。

指の腹でうなじや、そこから少し入り込んだ頭皮をゆるくくすぐられる。

さっきのバードキスとは少し違うことに戸惑うけれど、想いをたっぷり内包するようなくちづけに、継海は芯までふやかされる心地だった。

□4□

ツー、ツー、ツー。受話側から届く無情な音。

一方的に通話を切られるという経験は、普通はそう多くないものではないだろうか。

カスタマーサポートやヘルプデスクといったお客様窓口の担当だとそういう場面は珍しくないと聞くが、仕事とはいえやられると切ない気持ちになる。

「……あぁ、まじか」

がくっと頭を垂れ、継海は左手の受話器をそっとデスクの電話機に戻した。

「……切られたんですか？」

隣の清史郎に横顔のまま問われ、継海は「容赦なくガチャ切り」と返す。

お試しおつきあいという関係でニセ同棲生活をスタートし、最初の出勤となった月曜日。仕事の滑り出しとしては最悪だ。

電話の相手は、継海が「別注の製品を企画し、弊社で販売させていただきたい」とアタックしている皮革製品工房『ｗａｒａｂｉ』の社長、蕨屋《わらびや》祐一《ゆういち》だった。その蕨屋社長を筆頭に、長男、次男を含め、革縫製、鋲打、革鞣《なめ》し、染色の技術を有する職人たちが、バッグや財布、ポーチ、ペンケースなどの革製品をハンドメイドで作っている。

蕨屋社長は世界的に有名なメゾンから声をかけられて断ったとの噂もあり、頑固な職人気質と聞いているが、想像以上の手強さだ。

メールと電話であいさつをしたのが五カ月前。そのとき「とにかく仕事を受ける気はない」と具体的な理由も聞けないままいきなり突っぱねられた。二度目、三度目のコンタクトは無視され、少し時間を置いて先程「一度お目にかかりたい」とのお伺いを立ててみたが、あえなく撃沈。電話をガチャ切りされたわけだ。

「仕事の話をするつもりならわざわざ来ていただかなくてけっこう、だって」

清史郎が身体ごとこちらに向いた。

「取りつく島もないかんじですね」

実際、『ｗａｒａｂ・ｉ』に興味を持ったきっかけについてすら、いまだに先方に伝えきれていない。

「蕨屋社長が『あんたらはどうせ売ることしか考えてない』って……これだけ毛嫌いされるのって、昔なんかあったのかな」

二年ほど前に秋冬のワンシーズンだけ、表参道のセレクトショップで『ｗａｒａｂ・ｉ』のバッグを取り扱っていたという事実は突きとめたから、卸《おろし》か委託での販売実績は確実にあるのだ。

しかしそれ以降はぱったりで、通販も行わず、横浜市の工房兼実店舗でのみ販売しているらしい。

「表参道店で販売した『ｗａｒａｂｉ』のスエードバッグで、『持ち手の留め具が外れる不具合があり、無償修理交換で対応します』っていうショップ側のお詫び文を見つけたんですが。これ関係ありますかね」

清史郎がノートパソコンの画面を継海に示してくれた。

「うーん……なんか揉めたのかもしれないけど……」

お詫び文からはそこまでの詳しい状況は読み取れないので、憶測でしかないのだが。

「話だけでも聞いてもらえたらなぁ……」

継海が率いるチームのテーマは、『独身会社員の部屋をコンセプトにしたリアルクローズ』だ。性別に関係なく持てるデザインのものをディレクションし、顧客に向け提案している。

「難しそうですね」

清史郎に問われ、継海はうなずいて椅子から立ち上がった。デスクから離れると、清史郎もついてくる。向かう先は休憩スペースだ。

『ｗａｒａｂｉ』のメインターゲットは三十代から四十代、もっと上の年齢になっても長年愛用できる、流行に左右されない上質なものを日本人が日本の工房で作っている――それを知ったら『ジャパン・プロダクツ』のディレクターとして黙っていられるわけがない。

「うちのサイトで販売させてもらえれば、もっと多くの人の目に留まるのに」

売れたくない、売りたくない職人なんているだろうか。しかし、ブランドが大きくなることで品質が落ちるリスクを回避したい、と考えている可能性はある。

コーヒーをカップに注ぎ、清史郎にもひとつ手渡した。

「タイミングを見て、何度かアタックしましょう。しつこく口説く理由と情熱が伝われば、あちらの気持ちも動くかもしれません」

「もちろん、たかが三、四回ばかり斬られたくらいじゃ諦《あきら》めないけどな」

継海がにやりと笑うと、清史郎はおだやかな相貌で静かにうなずく。

「ところで『ドゥファクトリ』の新素材ファブリックの新作アイテムの件ですけど、来シーズンから、お嬢さんの絢花《あやか》さんがあちらの窓口を担当されるそうです」

ふたりがニセ同棲を始めるきっかけとなった、例の『お見合いデート』のお嬢さんだ。

清史郎の目が意味深に継海を見つめる。

「あ、そうなんだ。……だから？」

「……だからどうというわけじゃないですけど、仕事と割り切っても、俺はどこかで『俺の男に手を出したがってた女』って思って見ちゃうんで。継海さんはどうなのかなって」

何を言われてるのか吹っ飛ぶほど、『俺の男に手を出したがってた女』というパワーワードがあまりに強烈すぎる。

「……どうもしませんし、何も思いませんけども」

今はもう『会社関係のお嬢さん』との認識しかない。あれも終わった話として継海の中で処理が完了している。でも清史郎は「そうですか」とテンション低めだ。

継海は清史郎の顔を下からわざとらしく覗き込んだ。

「いざ浮気されたらめっちゃ暴れそうだな、おまえ」

「暴れませんけど、傷心すぎて仕事にならず、みなさんに多大なるご迷惑をかけると思うので、その日は出社拒否くらいならするかもしれません」

「浮気なんてしねーよ、少なくとも彼女とは」

そう言って継海がくるりと踵《きびす》を返し、自分のデスクに向かって歩きだすと、清史郎は「最後のほうは言う必要なくないですか？」と慌《あわ》てて追いかけてきた。

「ところで晩ごはん、なんにするよ？　今日は白金台のほうのスーパーに行ってみる、っつー話だったっけ？」

終わったコンテンツと化した話題自体に興味がないので、とっとと話を切り換える。

「えっ、えっと……そうですね。何が食べたいですか？」

清史郎はまるで「俺が作ってあげます」の口調だが、昨夜のロールキャベツを振り返れば、リクエストしたところで希望のものが出てくるのか甚だ疑問だし、今晩も継海が作ることになるのは火を見るより明らかだ。

「ツッコミが追いつかねーわ」

「え？」

「とくに思いつかないから、スーパーで安売りしてる食材を見て決めてもいいけど。毎日買い物するのも面倒だから、数日分はまとめ買いしたいな」

「いいですね。そうしましょう」

話しながら席について「一緒に買い物するなら退社時間合わせたいですね」と清史郎がうれしそうに言うので「俺、十八時半目標」と返すと、即座に「がんばります」とパソコンに向かった。

ふと気付けば、目の前の席の田島がにんまり笑っている。

「なんでしょうか、田島さん」

「うちのチームの新婚さん、かわいいなぁって思って」

「し……」

新婚さんにはおおいに異論があるが、継海は無難な愛想笑いで軽く躱してパソコンに向かった。

——ふたりで夕飯の話をするだけで周囲には『新婚さん』として映る。実際はお試しでつきあうことになっただけなんだけどな。

普通に朝起きて、主に継海が朝食を作り、向かい合ってそれを食べ、同じ電車に乗って出社した。とりたてて『新婚さん』と呼べるようなことは何もない。

きのうはキスしたけど、今朝はしていない。ひとつのベッドで一緒に寝た辺りから変化といえば変化だが、本当にただ睡眠を取っただけだった。

ちゃんとした恋人でも夫婦でもなく、『お試しのおつきあい』『お試しの恋人』というとても微妙で、あやふやな関係だ。

――帰ったら、夜は……キスくらいはするのかな。

こんな疑問が浮かぶこと自体、本物の新婚さんならあり得ないが、それを考えてちょっとだけどきどきする自分がいる。

清史郎のキスは気持ちいい。とろかされて、まったりと癒やされる感覚だった。

――あれくらいのキスなら、べつに。

お笑い芸人の男性同士でしているキスの程度をさすがに越えている気はするのだが、『お試しのおつきあい』なのだからその程度はアリかな、と継海は気持ちの中で片付けた。


終業後、清史郎と一緒に白金台のスーパーへ。品川駅からバスに乗って十五分でスーパーの目の前に到着したから、会社帰りにこっちで買い物をするならこのルートが断然ラクだ。

スーパー入り口に置かれたチラシを継海はまず手に取って、内容をざっとチェックした。

「あー、やっぱ火曜日の特売が狙い目だな。肉、魚、野菜、たまごが安い。まとめ買いはあしたに変更しよう」

生鮮食品の選び方や果物の目利きについてレクチャーしながら買い物をし、マンションに帰った。夕飯は『簡単で時間も手間もかからない』を基準に決めたメニューだ。

継海は元来こういう何かしらの制限がかかったりすると闘志に火が点くタイプだし、なんだかんだ言っても頼られれば腕まくりしてがんばってしまう。

「今晩のメインは、豚肉とキャベツの塩だれ炒め。豚肉は焼き色がつくまで焼いて、角切りキャベツは軽く炒める。清史郎、調味料をぜんぶ入れて水溶き片栗粉を準備しといて」

清史郎は計量スプーンで真剣に量っているが、料理初心者にはだいじなことだ。

「それ終わったら味噌汁の準備して。顆粒だし入れて沸騰したらニラとなめこ投入。味噌のあとに溶きたまご。沸騰厳禁でよろ」

継海が深型フライパンで、中華の料理人みたいな鍋振りを披露すると、清史郎は「おお〜」と拍手とともに感嘆の声を上げている。

「休日に一人前の冷凍チャーハンで鍋振りの練習しろ。そろそろ塩だれ炒めを仕上げるぞ。水溶き片栗粉は火をとめて全体に絡めてから再び点火。じゃないと、いい感じのとろみにならない」

べつにインスタ映えを意識する必要もないので、ざっと炒めて大皿に盛り、全体に黒こしょうをかけたら調理終了だ。

「継海さん、味噌汁のほうは最後に溶きたまごを入れたらできあがりです」

「了解」

メインが完成し、つけあわせにトマトと大葉のサラダ（所要時間二分）と、レンチンした千切り人参の中華風サラダを作ったら、夕飯のメニューが完成した。

「すごい三十分かからず……ちゃんとしたごはんができた……」

「平日は炒める・焼く・レンチンで時短料理だ。今日は中華っぽいかんじかな」

ふたりで「いただきます」と手を合わせて「今日もおつ」とビールで乾杯する。

清史郎はメインの塩だれ炒めを「簡単なのにうまい」ともりもり食べて、「味噌汁にニラとたまごって思いつかないです。天才」となんでも褒めてくれる。

「だろ、だろ。味噌汁は具のチョイスで楽しまないとな。王道で最高に好きなのはあさりかなぁ。他は、ポーチドエッグを入れるのもうまいよ。油揚げとネギいっぱい加える」

「それ絶対好きなやつだ、おいしそうです」

「あしたの朝、作ってやるよ」

ナチュラルに「作ってやる」と言ってしまったが、もともとの清史郎との約束は『家事はしなくていい』というものだ。家事から解放されたくて社員寮にいたのだし、この流れはおかしい。

「おまえ……ちゃんと料理を覚える気あるんだろうなぁ？」

「もちろんです。あ、特売だった豚コマの残りは小分けで冷凍。キャベツは今日半玉使ったから、あしたの朝食の分量だけ千切りにして水に浸しておく。大葉は軸だけが水に浸かるようにグラスに入れて……でしたよね？」

「そう。作って食うだけが料理じゃねーの。少しでも新鮮さをキープできるように保存しなきゃ。余ったキャベツとニラの残りを使って、あしたは特売牛コマをなんとしても手に入れて焼肉丼だ」

　火曜日の特売品をしっかりチェックして、すでにいくつか購入必須リストに入れている。

「温玉とか、真ん中にのっけたいです」

「おまえたまご好きなー」

「継海さんの玉子焼きも食べてみたいです」

「玉子焼きは砂糖入れる派？」

「入れない派です」

「俺も。こういう意見が一致すんのはだいじだよな。清史郎に任せた味噌の濃さも俺好み」

　清史郎は「よかった」とうれしそうにしている。

　社員寮では清史郎と隣り合って食べることも多かったが、話題は仕事やテレビの内容についてで、ぽつぽつと会話する程度だった。目の前の料理について、ここまで話したことはない。でも今日は一緒に買い物をして、ごはんを作り、向かい合って食べるからか、これまでにない楽しさを感じる。

「継海さんと一緒にごはんを作って、食べて……すごく楽しいです」

清史郎が噛みしめるようにつぶやいて、はにかんだ。ちょうど同じことを思っていたから、継海はなんだかおもはゆい。

あらかた食べ終わった頃に、継海のスマホにＬＩＮＥメッセージが届いた。ディスプレイを覗いてぎょっとする。

「奈々海ちゃっ……いちばん上のねーちゃんからだ……」

社員寮から目黒のマンションに引っ越しすることは家族に伝えてあるが、男と同居するとは話していない。面倒だから説明をあとまわしにしていたのだ。

『引っ越しの荷物、片付いた？　引っ越し祝いは何がいい？』

これは片付いたと分かれば、『じゃあ遊びに行く！』と返ってくるのが予測できる。そもそも継海が社員寮に入寮したのは、姉たちの「遊びに行くね！」を回避するという狙いもあった。

――『まだ片付いてない』って答えても『じゃあ手伝いに行ってあげるよ』って返ってきそう。

姉のＬＩＮＥを未読無視なんて、月曜日のこの時間からなら深夜が限界だ。

「どうしたんですか？」

食器をシンクに運んでいる清史郎に、ＬＩＮＥメッセージの文面を読み上げる。

「……ご家族に、俺と暮らしてる、って話は？」

「まだ言ってない……ねーちゃんたちにどう説明しよう。ニセ同棲生活だって話したら……」

それこそふたりがかりで「パワハラにそんなふうに屈したの?」「その時代錯誤な会社も相当おかしいけど、嘘ついてるつぐちゃんもだめ。今すぐニセ同棲なんてやめなさい!」と矢継ぎ早に責められる。

継海は「あぁ……」と項垂《うなだ》れた。『お試しおつきあい』で『ニセ同棲』だと本当のことを話すか、姉たちにも『同棲』だと嘘をつくか。対応はどちらかひとつしかない。

「とにかく昔からふたりして、俺のすることに口出してくるんだよなぁ」

「継海さんを心配するあまり、かまいたいってかんじですか?」

「両親が共働きで多忙だったからか、昔から庇護欲と支配欲がいっしょくたになってんだよ」

小学生くらいの子どもの頃は、身体が小さくおとなしかった継海を姉ふたりが護ってくれる、という図式になっていた。中学に入るとなぜか上級生のちょい悪女子に気に入られ、十五歳くらいになると女子高校生から、果てはだいぶ年上の気持ち悪いオッサンにまで声をかけられるようになり、継海が対処に困るたびに姉がふたりがかりで助けてくれたのだ。

さすがにもう子どもじゃないし、己に降りかかるその手の災難を躱す術も身についた。ごく稀に電車内で痴漢に遭うこともあるが、「は? ふざけんなよ、このクソ野郎」と睨みつけて撃退するし、女性から望まないお誘いがあればていよくお断りもする。

きょうだいみんなもういい年なので、学生時代に比べればだいぶ放っておかれているが、今回の件を知ればさすがに黙っていないと思う。

清史郎が片付けを中断し、再び向かいの椅子に腰掛けた。

「継海さん。こっちにはホント、こっちにはウソと対応を分ければ、ややこしくて混乱します。破綻なく嘘をつくためには辻褄合わせがいちばんだいじなので、統一したほうがいいかと」

「つまり……ねーちゃんたちの前でも『同棲』だって嘘をつく……ってこと？」

「そうですね。俺たちが決めた『お試しおつきあい』『ニセ同棲』をおねえさん方がまるっと理解してくれる可能性に賭けるのは危険……というか無理だと思います」

清史郎の言うとおりだ。ただ、今ＬＩＮＥで明かすと、すぐに飛んできそうではある。

「いいじゃないですか。今すぐ飛んできても。これをたとえば週末まで保留したところで、意味のない引き延ばしで、何も解決しません」

「……えっ、じゃあ今すぐ伝えんの？　まじで？」

清史郎が「俺は本当の気持ちを話すだけですから」と男らしくうなずくので、継海もため息とともに覚悟を決めた。

『じつは同じ会社の男とふたりで暮らしてる』

反応を窺《うかが》うこのメッセージに対してはしばし間があり、『はい？　男⁉』と返ってきた。

「……男と同居なんて、なんかおかしいと思ってるっぽい……」

「三十手前にして男と暮らすとはどんな事情があるんだ、と思ったかも。ちゃんと説明しないと経済的に苦しいのかとか、変な心配されそうです」

継海はふぅと深呼吸して、端的に伝えることにした。

『その男性と同棲してます！』

最後はやけくそで送信ボタンをタップする。

こちらへ来た清史郎が継海の横からスマホの画面を覗いてきて、ふたりで反応を待った。

ところがそれに対する返信はメッセージではなく、いきなりの入電だ。

「うわあああ、電話ぁっ！　心の準備もできてないのに！　電話かけてきたよ！」

「だいじょうぶです。いろいろ訊かれたら『詳しい話は会ったときに』と。そして俺に電話を代わってください。ちゃんとごあいさつします」

まるで凶悪誘拐犯からの最初の電話を受けるような心地だ。

清史郎に「だいじょうぶ。俺がついてます」とやさしく励まされ、継海は険しい顔つきでうなずいた。


今から姉ふたりがこのマンションへやって来る。

案の定、電話で開口一番に『つぐちゃん、男と同棲？　恋愛関係にある男と同棲してんの？』と念を押すように訊かれ、両親には話したのか、相手の男性は今一緒にいるのかと確認された。

親にもまだ話していない、同棲相手が「できればごあいさつしたい」と言っていると伝えたら、急遽ふたり揃って来ることになったのだ。

一時間ほどの猶予があったので、予測できる質問と回答のシミュレーションを行ったが……。

玄関で出迎えた継海と清史郎の両方を、姉ふたりが骨までスキャニングするみたいにじっと見つめてきて、継海は内心で「ひいっ」と悲鳴を上げた。

「はじめまして。弟がお世話になってます。継海の姉の奈々海です」

「久瑠海です。仕事でお疲れのところなのに、こんな時間に押しかけてごめんね～」

話し方にそれぞれの個性が出ているが、継海からするとどちらも同じくらいに怖い。

三十三歳と三十二歳でお肌の曲がり角はとうに曲がっているし、二十一時を回っているのに、ふたりとも凄腕BAらしくメイクの崩れをまったく感じさせない笑顔だ。継海からすると、撃たれても倒れないサイボーグを彷彿とさせる。

姉たちはソファーに座ってもらい、継海と清史郎はローテーブルを挟んで床に座った。パワーバランス的にも絵面的にも、この位置関係で間違いない。

「寝耳に激熱あんかけ流されたくらいの衝撃だった～」

久瑠海が座って早々に口火を切ったのと同時に、ファイト開始のゴングが鳴る。ふたりに出した飲み物を勧める隙もない。

「まさかつぐちゃんに彼氏がいるなんて。今までちっともそんなかんじじゃなかったし」

「突飛すぎじゃない？」

彼女がいた時期もあったので、このたびの男との同棲を聞いても信じがたい、ということだ。

「つぐちゃん、水くさいよ。おとうさんとおかあさんに言いにくくても、久瑠海とわたしには話してほしかったよね」

ディレクターになったときもふたりして喜んで、お祝いしてくれた。うれしい報告や、反対にだめだった報告を、継海は両親より先にいつもふたりの姉にしていたから尚更だ。

「お、男とつきあう……の、はじめてなんだから、そりゃ……」

たしかにそういう匂わせもなく、いきなり『男と同棲してます』なんて言われたら誰だってびっくりする。

「じゃあ、はじめてできた彼氏と同棲すること決断したの？　ずいぶんエキセントリックね～」

「そんな話ぜんぜんおしえてくれないし。いつからつきあってたの？　長いの？」

「えっ……いつからって……」

しまった。いきなりの設定漏れだ。ごくごく基本的な交際情報を打ち合わせしていなかった。

継海は小さな声で「わりと最近……？」と目を泳がせる。

すると清史郎がふたりに向かって話し始めた。

「十カ月ほど前から継海さんとコンビで仕事をするようになって、わたしも継海さんと同じ社員寮に入寮したので、何かと一緒にいる時間が多くて……。年齢的に退寮しないといけないですし、だったらもう社員寮を出てふたりで暮らそうって話になりました」

「じゃあ『わりと最近』ではないじゃない」

継海がついぽろっとこぼしてしまった言葉を、奈々海がしっかり拾っている。険しい顔つきで齟齬《そご》を指摘されて、継海はうっと怯んだ。

「こっ、こういう話、きょうだいとはいえやりにくいんだよ～。そこは分かってよ」

困っている継海を見て、奈々海と久瑠海は何やら目配せしている。

「ところで、同じ会社に勤める人と暮らすって……それ会社にはちゃんと言ったの？　転居したら会社にも届け出ないといけないから、一緒に住んでるのすぐバレるよね」

奈々海はコスメカウンターのマネージャーなので、責任者的立場から鋭いところを突っ込んできた。

しかしこの件については、清史郎としっかり打ち合わせ済みだ。

「会社にも話してるよ。家賃補助してくれるっていうから届け出もしてる」

「ええっ！　カミングアウトもしたの？　会社公認ってこと？」

顔を見合わせて驚いているふたりに清史郎が補足を始めた。

「継海さんにお見合い話があって、その流れで継海さんが明かしたので、わたしも一緒にカミングアウトしました。そういう事情を汲んで社員制度を使えるようにしてくれたんだと……」

ここは会社で起こった出来事をそのまま伝える。これも事前に決めていたことだ。

「でもさぁ……」

久瑠海の目がきらんと光り、継海はいやな予感でいっぱいになった。

「そのわりには……？　つぐちゃんのお見合いを阻止するためにふたりでカミングアウトして、同棲を決めて一緒に暮らし始めたわりには……？」

「……それわたしも感じてた。なんか、ふたり、ちょっとぎくしゃくしてるっていうか、よそよそしいっていうか……」

嘘をついているという疚《やま》しさが、はたから見ればそんなふうに映ってしまうのかもしれない。

姉ふたりは互いにひそひそと話し、うなずきあっている。

「ひょっとして、急にわたしたちが来ることになったからケンカでもした？」

「いやっ、まさか！　してない！　してないよ」

奈々海の問いに継海は即座に答えるが、その隣の久瑠海が「ん〜？」と唸った。

「つぐちゃん必死すぎ。ここ来たときからだけど、キョドりがはんぱない。なんか隠してることが他にあるんじゃないの〜？　つぐちゃんってさ、疚しいことがあるとき、嘘つくときに、出ちゃうクセがあるんだよね〜」

「ストレスがマックスになるとやるもんね、アレ」

指摘されてはっとする。耳をいじいじとさわってしまう、例のクセだ。

しまった、と思って両方のこぶしをひざに置いたが、もう遅い。

「それにふたりの雰囲気っていうか、空気感っていうか……ほんとに同棲を始めたばかりの？

新婚さんも同然の、恋人同士なの？　良く見積もっても、手もつないだことない、中学生カップルみたいに見えるよ」

継海は目を瞬かせた。気付けば、清史郎と継海の間に五十センチほどの隔たりがある。

奈々海がすっと背筋を伸ばし、俯瞰で継海を見下ろしてくる。

「……つぐちゃん……なんか人様に顔向けできないような悪いことでもしてるの？」

「してないよ！　なんだよ、悪いことって……」

「脅されてる、強請《ゆす》られてる、たかられてるとか。恋人じゃなくて、その彼と主従関係にあるとか」

「あやしい宗教、詐欺集団、暴力的な団体に関与してるとか……。あと心配なのは、莫大な借金による貧困……！」

いい年した男が男と暮らさなければならないほど窮している、もしくは後ろ暗い事情があるのでは、と疑っているのだ。

「あるわけないだろっ。なんでそうなるんだよ」

昔から絡まれ体質なので姉ふたりが異様に心配するのは分かるが、これで屈するわけにはいかない。

「報告するのが遅くなって、あれもこれも後手後手になったのは悪かったけど、ふたりが心配するようなことは何もない。借金なんかもちろんないよ。清史郎は、俺が上司から『お見合いしろ』

って迫られてんの見て、他の社員がいる前で助けてくれたんだ」

これは本当だからちゃんと言える。

緊張感のある空気に満ち、四人はしんとなった。

そこでこれまで口を挟まなかった清史郎が一度姿勢を正し、姉ふたりに向けて何か話し出す気配を感じたので、継海は沈黙して様子を見守った。

「継海さんのご家族に、ご心配をおかけして申し訳ありません。こうなる前におふたりにもすべてを話し、ご了解を得てから同棲するべきでした。大人だから勝手をしていいと考えたわけじゃなく継海さんのお見合い話を阻止することにばかり注力して、他をなおざりにしてしまいました。年下で経験も浅くいろいろと頼りないですが、本心から継海さんをしあわせにしたいと思ってます。ですから、どうか同棲をゆるしてください」

継海がぽかんとしているのと同じように、奈々海も久瑠海も、清史郎の熱意のこもった口上に対してすぐに反応できず茫然としている。

この清史郎の訴えを姉ふたりは好意的に受けとめたらしく、ややあって「ごめんね。心配なあまりに言いすぎました」「つぐちゃんをよろしくね」と理解を示してくれた。

――あああ……よかった……信じてくれたっぽい……。

「月曜の夜でお疲れなのに、お騒がせしました」

「今日はもう帰るね。おとうさんとおかあさんには、わたしたちからは話さないでおくから。ど

うするかはふたりで考えといて」

帰り際、清史郎が姉たちに「今度はゆっくりごはんでも食べにいらしてください」と言葉を添えて見送り、ようやくドアが閉まった玄関口で、継海は声にならない大きなため息を吐き出した。

ふらふらと上《あ》がり框《がまち》に座り込んで項垂れる。

「清史郎……なんかごめん」

「何がですか？　謝ることなんてありませんよ」

清史郎も並んで腰掛けたので、継海は顔を上げた。

「ねーちゃんたち、失礼なことといっぱい言ってたし」

「いきなり現れた得体の知れない男が大切な弟を本当に愛してるか、弟はしあわせなのか、きょうだいとして心配するのは当然です」

「俺がいろいろ話すのを先延ばしにしたから、いっそう風当たりがきつかったんだよな」

お金に困っているのではと誤解して、悪い想像ばかり浮かぶのも仕方ないが。

「そもそもニセ同棲なので、継海さんがひとりで話してご家族の理解を得ることが絶対的に正しいとも思えません。おふたりとも許してくださったことですし、もう反省は終わりにしましょう」

おだやかに励まされ、継海もほっとしつつ「うん」とうなずくと、清史郎が「でも、困ったことが」と険しい面持ちでつぶやいた。

「俺たちの関係を疑われ、手も握ったことない中学生カップルみたい、って言われました。ふたりの距離感とか空気とか、見る人が見たら、不自然だってバレるってことです」

「会社のみんなは信じきってるっぽいけどな。田島さんだってぜんぜんあやしんでない」

「仕事中にべたべたするほうがおかしいから、みんな騙されてくれてるけど。たとえば……今度、会社の親睦会でバーベキューやるじゃないですか。ああいう仕事を離れた日常の活動がメインになる場面では、ぽろっと露呈しそうです」

清史郎は芝居掛かったような真剣な表情で、継海に訴えてくる。

「……そんなのまずいじゃん」

「まずいですね。本物のカップルからどうしようもなく溢れる『できちゃってる空気』なんて、俺たちには醸《かも》し出せません。さっき指摘されたみたいに、むしろニセモノ感が出てしまう」

「う、うん……」

なんだかよく分からないが、清史郎がそれに対する秘策でも出してくれそうな雰囲気だ。

「だからもっと、俺たちは今以上に親密になる必要があると思うんですよね」

「……なんか、ふわっとしてんな」

「目が合ったらキスする、とか」

「めんどくせーわ！」

「何事も積み重ねです。俺は継海さんのことを好きなので、ぜんぜん苦じゃありませんし」

さっきから芝居掛かっているのがおかしくて、継海は破顔した。

それにそんなことで周囲も納得のラブラブしいカップルになれるとは思えない。

「ばかだろ、おまえ」

「けっこう良案だと思うけどな。キスセラピーも兼ねて。継海さんの日々のストレスも軽減しますし、俺もしあわせになれて、いいことずくめです。毎朝、出掛けにキスをするカップルや夫婦は関係も良好で、仕事の成績も収入もアップ、出世も早いそうですよ」

「プレゼン必死すぎ」

「そうだ。名案を思いつきました」

清史郎はそう言って、スマホのメモ機能を使って何やら書き始めた。書いている内容を横から覗く。それを見守るうちに継海は眉間に皺を刻んで「はい？」と声を尖らせた。
①目が合ったらキスをする　②髪を乾かしてあげる　③一緒にお風呂に入る　④スキンシップとしてマッサージをする　⑤爪を切ってあげる　⑥服を脱がせる　⑦服を着せる……延々続きそうな項目を打ち込む清史郎の右手を摑んでとめる。
「なんだこの、おまえの欲望をひたすら抽出しただけのリストは」

「項目をひとつひとつクリアしていくうちに自然とそれらしい空気が漂い、同棲中の本物の恋人同士に見えるようになるんじゃないかと」

もっともらしく真顔で言う清史郎を見ているうちに、継海は噴き出してしまった。

「発想がおもしろすぎるわ」

――笑わせてくれたのかな、これは。

清史郎が傍にいてくれることで、心身がほぐれ、安心している自分を継海は感じる。

仕事のときだって、いつもそうだ。うまくいかなくて悩んでいたり、問題を抱えて疲れていたりするとき、そっと寄り添って解決の糸口を探って、心を軽くしてくれる。些細な体調の変化にまで気付いてフォローしてくれるという徹底ぶりだ。

姉たちに対してついけんか腰になりかけた継海と違い、清史郎は厳しい追及を受けとめて最後はしっかり納得させてくれた。

――さっきは清史郎の熱弁にびっくりしたな。ふたりのあんな反応、はじめて見た。

あの姉たちを黙らせるとは、清史郎おそるべしだ。

「妙な提案はさておき……さっきの、『本心から継海さんをしあわせにしたいと思ってます』なんてさ……結婚のお許しをいただくあいさつみたいだったな」

今思い出しても、てれくさくて笑ってしまう。

そんな継海に、清史郎は少し困ったようにはにかんだ。

「でも、あれは演技でもただのごまかしでもなく、まるごと俺の本心です」

「…………」

打って変わって真摯な表情で清史郎がくれる言葉が、とすっと不意打ちで継海の胸に刺さる。

「おねえさんたちを説得するためだけに言ったんじゃありません。継海さんのお見合いを阻止できて、会社では『新婚さん』なんて呼ばれて、俺としては大成功です。あとは継海さんさえ浮気しなければ、継海さんは俺のものだ」

まっすぐに熱っぽい眸でそんなことを言う清史郎に、どきっとさせられた。継海にとってはぜんぶが『フリ』でも、清史郎からすると継海を護りたいのも、好きなのも、ぜんぶ本気だからだ。

それに気付くと、自分でもどうしてそうなるのか分からないほど、耳までかあっと熱くなってきた。心臓が奇妙なリズムで鼓動を打ち、ますます慌てる。

「それに……継海さんも、俺を庇ってくれたじゃないですか」

そんな継海の心情が伝わったのか、清史郎が距離を縮めて身を寄せてきた。急な動きに思わずびくっと身体を緊張させる。しかし継海のすぐ右側は壁で、動いた拍子に腕がそこにあたった。

「か、ばう？」

頭が回らない。なんか庇ったっけ？　と考えるが、何も浮かばない。

「お見合いを迫られたとき、『他の社員がいる前で助けてくれた』……って」

あぁ、思い出した。姉ふたりが、清史郎まで悪人扱いであらぬ誤解をしていたから、言い返した言葉だ。あのときは清史郎のことを悪く思われるのが、どうしても我慢できなかった。

「だ、だって、でもそれ、ほんとのことだろ」

清史郎に圧され、「中学生カップルみたい」と揶揄《やゆ》された五十センチが、あっという間にゼロ距離になる。

「うれしかった」

清史郎の噛みしめるような言い方に、うっかりきゅんときて困った。

継海にとっては『それだけのこと』も、清史郎は宝物でも貰ったように感じるのか、と思ったからよけいに。

――なんっ……か……これがかわいく見えるなんて俺の頭、感性、おかしくねぇ？

「……キスしていいですか」

囁《ささや》くような問いかけに含まれる情熱と、清史郎の体温を感じて、継海の眸はとたんにうるんだ。

さっきはキスの話題で笑えたのに、まじめで一途な清史郎に継海も同調して呑まれる。

「……そ、そんなの、もう何遍もしてんだし、いちいち訊くなよ」

――きのうもしたし。今日はするかな、なんて考えたりもしたし。

そっと肩を抱き寄せられたかと思うと、ためらう間もなくくちびるを塞がれた。

なんだか目を開けていられない。すぐにまぶたを閉じて、清史郎のキスを受け入れる。

きのうしたのと同じキスなのに、今日は少しおかしい。胸がばくばくしてきて、息苦しい。

「……い、息」

清史郎の胸を少し押し返すが、ますます壁に押しつけられる。

「キスのときの息の仕方が分からないほど、子どもじゃないですよね」

そうだけど、たかかくちびるを合わせるだけのキスで、胸が苦しいような、切ないかんじになるなんて、意味が分からないのだ。

——なんで？

両手で髪や頬にふれ、耳をくすぐり、いっぱいかわいがられて、くちびるを愛撫される。

キスが気持ちよくて、苦しいというよりも、とろんととろかされる心地になってきた。

「……継海さんの……舌、舐めたい」

くちびるの上で囁かれ、その吐息が薄い皮膚をくすぐるのすら気持ちいい。

次に何を望まれているのか、分からないわけはない。ただそれはすごくまずい気がする。

——だって、ぜったい気持ちいい。

それでいいのかな、と考えた。

「試していやなら、言ってください」

そうだ。不確かなことを試すだけ。それを我慢しなければならない理由はないのだ。だってこれは『お試しのおつきあい』なのだから。いつだって継海が拒否権を握っている。

「……あぅ……」

答えは、試してから。

清史郎に隙間なくくちびるを塞がれて、すぐに、彼の舌が継海のくちびるの内側の粘膜をぞろりと舐め上げた。たったそれだけで腰がびくっと跳ねる。

一瞬で硬くなった継海の身体を清史郎が怖がらせまいとでもするように、そっと、丁寧にさすってくれた。そうされているうちに緊張がほぐれ、こわばっていた肩の力が抜けていく。

ゆるく開いたくちびるをまるでゼリーを啜るみたいに食べられ、喉の奥から鼻腔に声が抜けた。

無意識に喘《あえ》ぎ声のようなものが漏れてしまったのが恥ずかしくて逃げようとしたら、清史郎に今度はくちびるをはむっと食べられる。

「はっ……あ……」

もうむちゃくちゃだ、と継海は思った。

今度ははっきりと喘いでしまった。叫びたいくらい恥ずかしいのに小さな抵抗なんて押しつぶされて、清史郎は逃がしてくれないし、本気で逃げたいなら突き飛ばせばいいのに自分はそれをしない。

――だって、こんなの気持ちよすぎる……。

舌で歯列をなでられ、「ここを開けて」と催促されている。

継海は迫ってくる清史郎の腰の辺りのシャツを、決心すると同時にぎゅっと摑んだ。

「……あ……」

一度内側に彼を受け入れてしまうと、「どうしよう」とか「まずい」とか、心の中に湧いてくる焦燥や戸惑いが、いっぺんに真っ白に塗りつぶされたように消えた。

清史郎のキスは継海を甘やかすみたいにやさしくて、柔らかでふわふわした気分にさせる。

上の歯の裏側から上顎にかけてくすぐられるのも、頬の内側をなぞるのも、舌下を柔らかな舌で抉《えぐ》られるのも、どれも息が弾むほど気持ちいい。

もっとこれをしていたくて、継海も清史郎の舌に自分の舌をおそるおそるこすりつけた。

「……んっ……」

ぞわっと、甘い痺れが尾てい骨まで響く。

すると今度は清史郎から大胆に舌を絡められ、やさしくしゃぶられて、継海はそれを悦んだ。

背筋が震えるほど、鼻声が漏れてしまうほど、どこをどうされても気持ちいい。

ひと言も言葉を交わさずにするくちづけなのに、清史郎にすっぽり包まれて、彼が継海への想いを一心に注いでくるのが伝わる。

離れるとき音がするほどぴったりくっついていた清史郎のくちびるを、継海はつい目で追いかけた。

清史郎がそんな継海を見下ろし、男前の顔でほほえんでいる。余裕ありげなそれを見たら、なんだか憎たらしいような、くやしいような気持ちが湧いた。

「おま……こんなキス、……」

潤んだ眸では睨みきれず、まともに言葉にならない。くちびるは離れているのに、たった今知った感覚を想起して、身体が何度もぞくっとする。

「勃《た》ちました？」

ストレートな問いに、継海は苦笑した。

「勃ったよ。……あっ、ちょっとばかっ、見んなって」

覗かれそうになって、慌てる。でも、清史郎の腕の中で逃げられない。

「俺とのキスでそうなったなら、俺は見てもいいと思うんですけど」

「どういう理屈なのか分かんねーわ」

「見せてくれないならさわって確認します」

「はあっ？　確っ——あっ、ちょっと、清史郎っ……」

わしっと摑まれるとか握られるのを想像していたが、清史郎がそっと指先でふれたので、継海はくすぐったさに脱力して笑ってしまった。

「スラックス越しにも分かる……窮屈そう」

「そういうのわざわざ言うなって」

「試しに、中に手を入れてさわってもいいですか」

「おまえ……『お試し』を振りかざせば、簡単に要求が通ると思ってるだろ」

継海が『お試しのおつきあい』ならキスくらいはアリ、と気持ちの中で片付けたところから、ずいぶん飛躍している。

「『お試しのおつきあい』なんですから、なんでも試せばいいってだけです」

「なんでもって……」

清史郎は継海の許可が下りないと分かると、今度こそスラックスの上から大きな手でなでるようにさすってきた。

「きっ……」

片手で簡単に抱きしめられて、首筋に顔を埋められる。首がことさら弱い継海は、声も上げられずに縮こまった。そこは手がふれるだけで「ぎゃっ」となるくらいなので、普段からさわられることを避けている。だからこんなふうに人に口で愛撫されたのははじめてだ。

ただくすぐったいわけじゃなく、身を捩《よじ》りたくなるほどぞくぞくする。首筋を嬲《なぶ》られ、揉まれているところから湧き上がる性感に継海は息を呑んだ。それが不快だと感じないのが不思議でならない。

「——っ……」

「首、すごく弱いんですね」

清史郎が継海とひたいを合わせて表情を覗きこみ、大胆に手を動かし始める。

「……んっ、……きよしろっ……」

スラックスの上から、充血している陰茎と陰嚢まで絶妙な強さで揉まれ、こすれて、そこがますます昂《たかぶ》ってきた。

こうなると、たまらなくなってくる。

「んっ……」

再び清史郎が継海の首筋に顔を埋めた。

上と下を同時に愛撫されて、背骨の力が抜ける。逃げたいはずなのに、逃げたくない。

清史郎が首を執拗に攻めてきて、継海は座っていられなくなった。壁伝いにずるずると崩れる。

男に押し倒される——何度経験しようと慣れないが、清史郎が後頭部に腕を添えてくれたおかげで床にごちんとならなかったんだ……と気付くと、戸惑いがどこかへ飛んだ。

女じゃないのにそんな些細なことまで気遣ってくれるのか、とも思うが、そこに清史郎のやさしさを感じ、何度も彼の想いについて考える。

耳の裏側をねっとりとねぶられ、ウエストのベルトをとかれるのを感じながら継海はまぶたを震わせた。もうどうにでもなれとも思うし、男にさわらせたことなんてないところだから戸惑いも強い。

いよいよファスナーを下ろされ、下着に手をかけられて、とうとう「そ、そこ、まじでさわんの?」と問いかけた。見上げた先にある清史郎の表情からは何も読み取れない。

「こんなの、誰がしても一緒ですよ。女の人にはさせてたんでしょう？　継海さんが自分でしてもいいですけど……俺に見られててもいいなら」

「やだよっ。そもそもなんでおまえはここで参加すること前提なんだ」

「俺だって継海さんのにさわりたい」

変なところで実態の見えない何かに対抗心をあらわにされる。

「何と競ってんのか意味分かんねぇっ……」

するといきなり下着をめくって手を突っ込んできた。その勢いのまま指先が先端にふれたかと思うと、清史郎が楽しそうに喉の奥で笑う。

「濡れてる」

「……おまえがごねごね弄るから、出るモン出てんだろ」

「その気がないなら、こうなりません」

確認して知らしめるつもりなのか、鈴口から溢れた蜜を指先で塗り広げられ、背骨にびりびりとした痺れが走った。

継海にとって男が同性のペニスを摑んだりさわったりするのは、いやがらせやからかいの行為でしかなかったのに。

「……っ……！」

ずずずっと、清史郎の指が下着の深いところまで入ってくる。ペニスを手のひらで転がすように扱われて、継海は奥歯を噛んで声を殺すので精いっぱいだ。

「下着まで濡れてるから……下げますね」

いちいち報告や相談をするまじめさは仕事中だけにしてくれ、と思う。しかし確認してまた少し進んで、強引なようで引き際を探っているのかもしれない。

やめるなら今だ。でも清史郎にふれられているところぜんぶがおかしいくらい気持ちいい。腰なんてなでられたら、下半身の力が抜ける。

清史郎に覆い被さられ、視界に入らないところで、ついにペニスが晒《さら》されたのが分かった。

「なぁ、まじで……？」

問いに対する答えはなく、清史郎の手筒でペニスをこすり立てられる。いくらもしないうちに、ぬちゅっ、と陰茎を嬲る音が響いた。耳を塞ぎたい。異様に恥ずかしい。

「継海さん……」

そっとだいじなものを掻き抱くように、継海は身体を包みこまれた。

こんなふうに抱きしめられながら手淫されるのだってはじめてだ。気持ちよさとなんともいえない多幸感に満たされて、清史郎がくれるシロップみたいに甘い想いに耽溺《たんでき》してしまう。

継海は清史郎の背中に左腕で縋りつき、胸元に顔を押しつけた。やけになってというより、なんだかそうしたくてたまらなくなった。

「んっ……ふぁ……」

興奮した息遣いの途中で、どうしても声を上げそうになる。

マスターベーションのときに声なんて出さないのに、清史郎が同じ行為をすると、どうしちゃったの俺、と戸惑うくらいに快感が強い。

耳元で「継海さんも見て」と誘われ、継海はなぜかそれに従って懸命に目を開けた。自分の身体がどうなっているかくらいは想像できるけれど、単純な好奇心もある。

清史郎の手筒で根元から先端までこすられ、いやらしい色とかたちをしたペニスが気持ちよくとろけて、よだれを垂らしているように映った。その見た目のとおり、彼の手練に夢中になっている。どこをどうするのが好きか探り当て、欲しいものだけをくれるからだ。

観念するように継海は目を瞑った。

「……あ……あぁ……や、やばいぃ……」

「えっ？　もう？」

「もうって言うなぁっ……！」

人に手淫される刺激にあまりにも慣れていないせいだ。

継海はどうしようもなくて、両手で清史郎にしがみついた。

耳元で「出そう？」と問われ、歯を食いしばってこくこくとうなずく。

「ほんとだ……すごい硬くなってきた」

とろとろのペニスをこすり上げられ、耳殻をしゃぶられて、いきなり耳孔に舌を突っ込まれたら我慢なんてできなかった。

「――は、あぁっ……！」

腰をがくがくさせながら吐精して、強烈な快感に目も開けられない。

背筋に甘い痺れが走るのがしばらく治まらず、ふにゃんと萎えるまで残滓を搾り取られた。

心地よい疲労感を覚え、しがみついていた腕をそこらに投げておく。清史郎が短いキスを継海の蟀谷や頬に何度もくれて、髪をなでてくれている間もずっと、継海は投げ出す格好ですべてをそのまま受けとめた。

ふとまぶたを上げたら、清史郎と目が合った。何か言われるかと思ったけれど、無言だ。でも清史郎の表情から、歓びを噛みしめているのは伝わった。

清史郎は何を思ったのか、指で継海の眉をそのかたちのとおりになぞった。継海がくすぐったくて一瞬目を瞑ると、清史郎は楽しそうに笑っている。どのへんが気に入ったのか分からないが、清史郎はそのあとも、継海のまつげや、まぶた、鼻筋、くちびると、絵を描くようにふれて、目が合うとうれしそうに甘くはにかんだ。

出したら醒めるものだけど、清史郎のスキンシップを不思議と鬱陶しいとは思わない。

――あり得ないくらい、めちゃめちゃ気持ちよかったし……。清史郎……やたらうれしそうにしてるの、なんかかわいいな。

清史郎にかわいがられながら絶頂のあとの倦怠感の中でたゆたっていたら、清史郎が「継海さん、ごめんなさい」と謝ってきた。最初はこの行為についての謝罪かと思ったが、違った。

「継海さんのシャツが精液でぐちゃぐちゃに」

「……え？」

咄嗟にシャツの裾でそこを覆ったらしい。昔は下着のような役割だったというし、他の衣服に汚れがつかないようにする使用方法は決して間違いではないが。

「これ、『ドゥファクトリ』のワイシャツですよね」

「……今その名前出すのは、なんなの」

すんっと、いっぺんに我に返った。おまけに、気付けばここは姉たちを見送った玄関だ。

事後の雰囲気云々を求めるような関係でもないが、もうちょっと、はじめて男に気持ちよくイかされちゃった俺の心のケアやフォローをしてくれよ、とも思う。

――あぁ……まぁ、深刻な顔で謝られるとか、「これで継海さんもデビューですね」なんて茶化されても腹立つし。この無神経なかんじがちょうどいいのかもな。

継海はなんだか複雑な心境になりつつ、鈍く身を起こした。清史郎のほうはいそいそと「動かないでください。拭くもの持ってきますね」と事後処理のために動いている。

清史郎をよく知らない人が見てもそうとは分からないだろうが、継海からすると、至極うきうきしているようにしか映らない。あれは相当機嫌がいい。普通の人ならスキップするやつだ。

戻ってきた清史郎から、ティッシュとあたたかく湿らせたハンドタオルを受け取った。

「継海さん、お風呂の湯をため始めたので、一緒に入りませんか？」

唐突なお誘いにぎょっとして、「えっ？」と驚きの声を上げる。

「さっきのリスト……名付けて『同棲ＴＯＤＯリスト』をひとつずつ実行していきましょう」

いい笑顔で告げられ、「さぁ」と腕を引かれる。

「えっ……ちょ、ちょっと、あのリスト、本気なのかよっ」

たしかにリストの中に『一緒にお風呂に入る』という項目があったが……。

「俺はいつだって本気です。ＴＯＤＯでもあるけど、お試しでもある。男同士で風呂に入るのなんか、修学旅行でもやるじゃないですか。そもそも、あのリストにも書いてないようなすごいことを真っ先にやっちゃってます」

そう言われると、さっき清史郎としたこと以上にすごいことは書いていなかったし、簡単にクリアできそうなものばかりだった。

「そう……だけど」

「継海さんはお試しができる。俺はささやかな願望を叶えられる。実行するうちに本当の同棲カップルの雰囲気になれそうですし、我ながら名案だと思います」

「おまえだけトクするのに、もっともらしく自画自賛！」

反論を「はいはい」とおざなりにして背中を押され、具体的な反対意見も出せずに一緒に脱衣所に入った。

——フルチンで男に風呂に連れ込まれる俺（28）って……。

すでにいろいろと今さら感がはんぱなくて、ついには『男と風呂くらい』と思ってしまう。控えめに誘うていい、意見を訊くていではあるけれど、最終的にいつも清史郎の思惑どおりだ。

「ほんとおまえ……掌握術《しょうあく》がすげーな」

「掌握だなんて。好きだから必死なだけです」

下半身だけ露出というかっこ悪い状態の継海の脇で、清史郎は堂々と服を脱いでいく。

——なんで顔のいいやつは身体もかっこいいんだ？

はじめて見る清史郎の生裸体。彫刻美術館に飾られた像がリアルに動き出したのかと思うほどきれいだ。背中から腰にかけてのラインがやけに色っぽく見えてどきっとする。

俺を創った神様は美的センスが悪かったんだ、と思うことにして、継海もそもそと脱いだ。

そしてはっと気付けば、清史郎の目線が継海の尻の辺りに行っている。

「なんだよ、何見てんだよっ」

ひと昔ふた昔前のヤンキーみたいな楯の突き方がこれまたかっこ悪い。

「かわいいおしりだな、って思って」

真顔の清史郎に去り際にさわさわと臀部をおさわりされて、継海は「ひゃあっ」と間抜けな悲鳴を上げてしまった。

「……このくそえろおやじ！」

それからいざ一緒に入ったら、ここでも驚愕の提案をされた。それほど広くもないバスルームなので、どちらかが先に身体を洗うとか、場所を譲り合うものだと思っていたのだが。

「そ、そんなのあのリストには載ってなかった！」

「あー、そうだ、詳しく言ってませんでした。『髪と身体を洗ってあげる』は『一緒にお風呂に入る』に含まれます」

「まさかの、含まれる！　胡麻サイズの文字の注意書きを見落とした俺のせいってやつ？」

「べつにおかしなことじゃないですよ。髪は美容室でも洗ってもらいますし、身体はいつか継海さんがお年寄りになったら介護ヘルパーさんに洗っていただくようになるかもしれないです」

「そんな未来の話を今出すのっ？　もうなんでもアリじゃん！」

しかもよくよく考えると話をずらされている。おかしいのはその内容以上に、『別件も含まれる』という部分だ。

ここでもまた「はいはい」と、まるでこっちがクレーマーみたいな扱いでバスチェアに座らされる。すると清史郎が「背中くらい、いいでしょう？」とうしろから言うので、つい「それならべつに騒ぐほどのことでもないな」と思ってしまった。

「継海さん、ついでに腕まで洗っていいですか？」

「だからさぁ、あと出しじゃんけんズルいってばぁ……もう……腕までな、あっ、腋はだめだぞっ！」

「指の先までいいですか？」

両腋と胸をきゅっと手で隠して半眼で背後を睨むと、「指」ともう一度おねだりされる。

「……っあぁ、分かったよっ、指までだからな！　もうそこまで！　前はだめ！」

清史郎はうれしそうに継海の指をあわあわにしながら「あしたは足も洗いたいな」と小さくつぶやいた。

「サブリミナル効果狙ってひっそり刷り込むな、この策士め」

なんだかんだ言いつつけっきょく髪も洗ってもらい、継海が湯船に浸かっている間に、「自分の身体は自分でやります」と清史郎は洗い場にいる。

継海はまったりとした気分でへりに頭をのせ、「はー……」と深いため息をついた。

髪は言わずもがな、人に洗ってもらうと思いのほか気持ちいい。

洗い終わった清史郎に気を遣って出ようとしたらとめられ、「『お風呂に一緒に入る』は『湯船に入る』も込みです」と得意の『それもプランに含む』で懐柔された。

「急に始まった『こみこみプラン』といい、許可取りがだいぶ杜撰になってない？」

「いちおう『本気でいやがってないな』っていうのは察しながらやってますけど、もしいやならはっきり言ってくださいね」

「ぐいぐいがぶり寄りで来て『察してる』とか言うなよ。呑んでる俺の立場がないだろーが」

向かい合う清史郎は、楽しそうにふふっと笑って、継海の手をにぎにぎとする。それもちょっと気持ちよくて、継海は知らん顔でそのまま手指をマッサージさせた。

「楽しいですね、同棲」

「そりゃあおまえはこんだけ好き放題やってて、楽しくないわけないだろーよ」

――でも……『お試し』していやだって拒否されたら、俺に他に好きな人ができたら、そのときは潔く引き下がるわけなんだよな？

捕まらないセーフティーゾーンと猶予を与えられて安心している一方で、もやっともする。

――ほんとはそれほど執着してないんです、って言われてるかんじがするからかな。まぁ、好かれてるからってうぬぼれんな、ってことだ。『人の恋愛感情は三カ月しか保たない』っていう説があるくらいだし。

そういうところに自分が引っかかっているのも謎だ。

たしかに継海自身、今までの恋愛では感じなかった変化を自覚しているけれど、まだ『お試しのおつきあい』という砦《とりで》で守られているくらいが、ちょうどよかった。

□
5
□

ニセ同棲を始めてひと月経った。

驚くべきことに、清史郎の料理の腕がめきめきと上がっている。ここのところは継海より先にベッドからそっと出て、朝食をひとりで準備し、継海を起こしてくれるのだ。

清史郎は同じチームの田島だけじゃなく、会社のバーベキュー親睦会で話すようになった他のチームの女性社員からもおすすめレシピやワンポイントアドバイスを貰っているらしく、継海が教えていない料理を出してきたりする。

『アボカドとしらすの山椒和え』『カブとツナのマヨポン酢サラダ』『もやしとカニカマの中華サラダ』など、継海が夕飯のメイン料理を作っている傍で清史郎が作ってくれた。つけ合わせ料理が大好きな継海は、テーブルに小鉢が並んでいるとそれだけでテンションが上がる。

初日の味噌汁の味付けしかり、もともと料理センスや勘がいいのだと思う。包丁遣いは若干《じゃっかん》拙《つたな》いけど、教えたらなんでも一度で覚えるし、本人も料理が楽しくなってきたみたいだ。

これまで清史郎と女性社員の会話が弾んでいるような場面を見たことがなかったが、「継海さんに訊いて作るのももちろん楽しいですけど、知らない料理で驚かせたい」ということらしい。

そんなふうに「継海さんのため」とがんばる清史郎がかわいくもある。

「継海さん、まだ八時ですけど起きてください」

うつぶせの後頭部の髪をくしゃっとなでられ、継海は「ん……」と呻きながら頭を捻った。清史郎がいない方を向く。今日は仕事が休みなのをいいことにネットゲームを深夜三時過ぎまでやっていたから眠い。週が明ければ十二月で、ふわふわおふとんの気持ちよさをいっそう心地よく感じる季節だ。

「今日は一日つきあってくれる約束ですよね、継海さん」

耳元で囁かれて、継海はその耳をばちんと塞いだ。清史郎の息がかかってくすぐったいのに、今度は首筋にキスをされる。継海は驚いた二枚貝が閉じるみたいに、肩をぎゅっと縮めた。

「もぉ～……その辺やめろってぇ……」

まくらで頭を覆って隠れると、清史郎も「夜更かしするからですよ」とぼやきつつベッドに入り、背後から寄り添うように抱きしめてくる。

「すぐ起きない人には、いたずらしちゃいます」

そう宣言した清史郎は迷うことなくシーツと腰の隙間に手を突っ込んできて、継海の膨らんだ股間を掴んだ。まくらをかぶって目を瞑ったまま放っておくと、清史郎がパジャマの上からごそごそやっている。

「継海さんはネトゲを始めると、俺のことなんてさっぱり忘れて、顔も知らない誰かとのプレイに夢中ですもんね」

やきもちをやいているような言い方がちょっと笑える。

「だってネトゲだもん」

「そういう人とオフ会とかするんですか？」

「しねーわ、めんどくせーし」

さすがに目が覚めてきて、継海はまくらをよけて身を捩った。

「んー……おさまんなくなるから、やめ」

「もう手遅れな気が」

「起きるよ～、起きるってば。ごはん～……」

下着の中に手を深く突っ込まれて、勃起したペニスをじかに摑まれる。

にゅる、にゅる、と手筒をスライドされて、継海は首を竦めた。どこをどういうふうにこすられるのが好きかを清史郎は心得ているから、すぐによくなってしまう。

継海のほうも最初こそ「まじかよ！」と声をひっくり返して驚いたが、今ではそんな初心《うぶ》な反応をしなくなった。キッチンの壁にA4用紙に手書きの『同棲TODOリスト』なるものが貼られ、その項目を消化するだけじゃなく繰り返すことで「より同棲カップル感が増すはずです」なんて清史郎の口車に乗せられる日々だ。

お風呂は毎日のように一緒に入っている。髪を洗ってもらい、背中を流してもらって、足の指一本一本まできれいにされるのにももう慣れた。あちこちさわられているうちに、バスルームでこういうコトにも及ぶ始末。

「楽しくなってきましたし、きのう放っておかれた分くらいはつきあってください」

「……んっ……やだって……時間……」

とてもいやがっているような声ではないため、説得力に欠ける。

「予定より五分早く起こしたからだいじょうぶ」

「五分でイけっていうのかよ」

充分でしょうとでも言いたげに、喉の奥で「くくくっ」と笑われるのが悔しい。

「最近はもうちょっとマシになっただろー。俺のほんとの実力はそんなもんじゃ……」

「確実に五分以内でイけるように、口でしてあげます」

反論を途中でぶった切られ、ふとんの中で身体を仰向けにひっくり返された。

今さらのさわやかな「おはようございます」と軽いキスに、継海も恨めしい顔つきで「おはよう」と返事をする。これも『同棲TODOリスト』にある『おはようのキスをする』だ。

そんないつもの朝のあいさつのあと、清史郎がふとんの中に潜り込んだ。

パジャマと下着を臀部のラインまで下ろされる感覚があり、そのすぐあと濡れた粘膜にペニスを呑み込まれた。

「……んんっ……」

鼻を鳴らして、口を手の甲で押さえる。

こうされるのも、はじめてではないし、もう何度目なのかだって分からない。

玄関ではじめて手淫された次の週くらいには、口淫された。風呂上がりにテレビを見ながらソファーでだらだらしていたときだ。

夕飯でお酒も入っていたし、「手も口も大差ないですよ」という屁理屈に首を傾げるうちに、ぱくっと喰われた。そのあまりの気持ちよさにそれからほぼ毎晩、ときには明るいリビングでもこんなことをしているため、今や最初にあったような羞恥心はすっかりなくなっている。

「んんっ……っ……」

——まじでうますぎだし……!

唾液でたっぷり濡らされたペニスを、手と口を使って丁寧に愛撫される。絶妙な強さで吸い上げられると、腰が抜けそうなくらい気持ちいい。

継海は上掛けを捲ってやった。ふとんの中に入り込んでのご奉仕行為は、かなり息苦しいんじゃないかと思ったのだ。

それに、懸命に、一途に口淫している清史郎を見るのが、けっこう好きだったりする。

清史郎がちらりと継海を上目遣いで見て、再び頭を上下に動かし始めた。陰嚢を転がすように揉まれ、もう片方の手で陰茎をなでられて、彼の喉の奥まで呑まれる。

「……っぁ……っ、はぁっ……ん……」

卑猥な音を立ててしゃぶられるのが、気持ちよくてたまらない。我慢できずに声が出てしまう。

――めちゃめちゃ愛されてる、ってかんじがする。

清史郎は何度も「好き」と言葉にするし、髪をなでたり、キスしたり、抱きしめたり、いろんな行動で想いを示してくれるけれど、口淫はもっと直接的な愛情表現で、愛が剝きだしな気がするのだ。食べてしまいたいくらい好きだと言われているみたいで、ぞくぞくする。

清史郎はこの行為について、悦ばせたくて奉仕するというより「舐めたくなる」と言っていた。

――その衝動、分かんねぇ。俺だったら、男の性器なんて死んでもぜったい舐めたくないし。

軽いキスならお笑い芸人だってやっているが、この行為は「よほど相手のことを好きじゃないとできないよな」と思う。そんなふうに清史郎の想いについて考えると、胸がかぁっと熱くなった。

「……っよしろ……もう、イく……」

快楽に脳が痺れ、継海がなんとか震える手をのばして髪にふれると、「いいですよ」というように、清史郎がその手をやさしく包んだ。そんななにげないしぐさに、きゅんとくる。

「……んっ、あっ……っ……！」

清史郎が継海をイかせようと手と口の動きを激しくし、導かれて絶頂した。清史郎に吸引されるタイミングで口腔に射精すると腰が砕けそうなくらいよくて、尻の肉が震え、快感で脳まで痺れる心地だ。

ふわふわとした多幸感に浸っている間に清史郎は後始末をして、もう一度継海を起こしに来た。

「今度こそ起きてください、継海さん。朝食はかつお節と青のり入りの、だし巻き玉子にしてみました。俺が焼いた玉子焼きの中で、最高によくできたと思います」

「かつお節と青のり？　えー、うまそう」

つい数分前の淫猥な行為などなかったみたいに、ありふれた日常にするりとシフトする。

顔を洗って継海がリビングに戻ると、ちょうど食卓が整ったところだった。

テーブルに並んだのは雑穀入りごはんと味噌汁とだし巻き玉子、きのうの夕飯の残り『豚ミンチと大葉のつくね』『トマトとバジルのマリネ』『きゅうりのピリ辛にんにく漬け』だ。

「うまそ。いただきまーす」

朝食で期待していただし巻き玉子もおいしいし、味噌汁の具は大根とわかめと豆腐にすりごまがふわっと香る。

「だし巻き玉子うまい。味噌汁のすりごまいいよな。あー、やっぱこのつくね、うまい」

清史郎が作ったつくねは甘辛醤油の味付けで、昨晩はたまごの黄身をつけて食べた。これは朝食用に取っておいたもので、さっぱりとしたおろしぽん酢添えにチェンジされている。

「レシピ見てたらタイ風にするのもおいしそうだったので、またそのうち夕飯に作りたいな。ナンプラーとにんにくとレモンで味付けするんですけど、継海さんはパクチー苦手ですか？」

「俺、パクチーだけはだめだわ。三つ葉、ミント、バジルとか香草系は好きなんだけどさ」

清史郎は「了解です」とうなずいた。

「ナンプラーないから買わなきゃな。そのままだとクセ強いけど、加熱すれば旨味が強く出てけっこう使える調味料だから、あると便利。あとはケチャップマニスとか、テンジャンも」

清史郎にとってはあまりなじみのない世界の調味料を使った料理について、会話が弾む。清史郎は、「その調味料はどんな料理に使うのか」「どんな味なのか」と食いつきがすごい。まじめな顔して一生懸命な様子で訊いてくるので、仕事でコンビを組んだばかりの頃を思い出す。

――仕事に慣れて俺の扱いをすっかり心得てからは、俺のほうが清史郎につっこまれたりフォローしてもらってるけど、睨み系モデルの顔とでかい身体に似合わずもともと大型犬みたいなところあるよな。

「ところで今日は何すんの？」

きのう「一日つきあってください」としか言われていなくて、目的が分からないままだ。

「まだ内緒です。『同棲ＴＯＤＯリスト』をいくつか実行したいんですけど……あえて内容を言わないでおこうかと思って」

継海はちらっと横の壁に目線を遣った。例の『同棲TODOリスト』という名の『清史郎の願望リスト』だ。他にまだ実行していない項目として『ベランダでキスする』『手をつないで歩く』『同棲開始の日はふたりの記念日にする』『あえて外で待ち合わせしてデート』『ペアの食器を増やす』『ふたりで海外旅行するために貯金』、はては『プランター菜園をする』なんてものまである。

——あの顔でそういうのをいちいち書いてんのは……ちょっとかわいいよな。

だが、しかし。

壁のリストには『フェラチオする』とか、そういう露骨に性的なことは書かれていない。なぜなら、壁には貼れない『裏リスト』なるものが別に存在するからだ。清史郎に「見ますか？」と訊かれたが、丁重にお断りした。

——18禁の『裏エロリスト』のほうにマジで心底本気のやつが書いてあるんだろうな……恐ろしい。何されんのか、清史郎が俺に何をしたいのか、前もって知るのは気まずすぎる。知りたいけど、知りたくない。見たら最後、うっかり覚悟してしまいそうだし、即行でぜんぶ実行されそうだからだ。

——今日消化する予定の内容をあえて言わないってことは、『裏リスト』も入ってんのかな。

そんなことを考えながらもくもくと箸を進めていたら、清史郎が笑っているのに気付いた。

「継海さん……緊張しなくてもいいですよ。あ、緊張っていうより……期待ですか？」

「してねぇし！」

「食べ終わったら、食材の買い物に行きますよ。九時の開店に並ばないと売り切れちゃうんで」

「スーパーの十円セール？　八時にたたき起こすから何かと思えば、特売狙いだったのかよ」

土曜日の開店と同時に、一グラム十円、一本十円など、バラ売りの食品を大特価で販売しているらしい。土曜は出勤する日も多いから、まだその恩恵にあずかったことがないのだ。

「はい。あれ、開店から三十分で売れ筋のはなくなっちゃうらしくて。冷凍の赤魚とか、白身フライとか百円セールのは夕方でもわりと残ってるんですけどね」

モデル顔のイケメンが真剣に所帯じみたことを言うのがおもしろい。

「ついでに赤魚も買っとくか。煮付け用に」

「赤魚……食べたことないかも、です」

「えっ、まじで？　舞茸とかきのこ系も一緒に煮るとけっこううまいよ」

清史郎が「じゃあ、それも買います」と答えたあともやたらにまにましているので、「なんだよ」と問いかけた。

「継海さんと、同棲してるなってかんじがして。あらためて、ですけど」

食材のこと、メニューのことなんて、これまでだって何度も話しているけれど、清史郎はそれが日常化している状況がうれしいみたいだ。

そんなわけで、これまでは逃していた特売品を求めてスーパーへ走り、帰り道で食パンとコーヒー豆を買った。

「一本十円のきゅうり、一個十円のピーマンやらあらびきウィンナーを奥様方にまじって争奪して、半斤四百円の高級食パンをさくっと買っちゃう俺たち！」

「節約した分、高級食パンを食べられるってことで」

ふたりで「いっか！」と笑って帰る。

買い物から帰ったら部屋をざっと掃除して、今日買ったコーヒー豆を挽いて淹れた。

「ネット動画配信サービス、トライアルでいいかんじだったら月額払ってもいいかなぁって話してましたよね。もういいかげん決めようかなって」

「いっぱいあるじゃん。どれにする？　金額にもサービス内容にも差があるな」

ふたりでノートパソコンの画面に顔を突っ込んで「作品数が」「トライアルの期間が」「画質に差が」と比較検討し、いくつか試すことにした。

観たい意見が一致した映画をチョイスして、お菓子と飲み物もスタンバイ。いざ視聴開始、の段階になって、継海は「ん？」と手をとめた。

「そういえば、清史郎が実行したいって言ってた『同棲ＴＯＤＯリスト』、今やってることは合ってんの？　どこかに出掛けるとかじゃなく？」

ふと湧いた疑問をぶつけると、清史郎は「はい」と笑顔で答えた。

「一日まるまる、翌日が仕事だとか用事だとかない休日を継海さんとすごすなんて、最高の贅沢です。今日は午後から天気が崩れて、あしたは一日雨なんですよ。出掛けるのも考えたけど、年末押し迫る前に動画配信サービスを選びたかったですし。それと、今日はランチにパンケーキ焼いてみようかなとか、あとはまぁ……いろいろです」

「パンケーキ！　あ、だからはちみつ買ったんだ？」

「はちみつは料理にも使えるし。バターミルクが入ったパンケーキミックスなんですけど、焼くのにコツがいりそうなので、継海さんがそういうの詳しいかなぁと」

「おう、任せろ」

　気前よくそう返したら、ラグに座っている継海のうしろに清史郎が回り込み、仲良く滑り台を滑るような格好になった。継海が「え？」と振り向くと、バックハグの清史郎が肩口でにんまりする。

「これ、やりたかったやつです。バックハグでいちゃいちゃしながら映画を観るなんて、外ではぜったいできないから。こういう『同棲の醍醐味《だいごみ》』みたいなのをひととおり味わってから、シネコンデートでもいいかなって」

「……今からちゃんと観る気ある？」

「観る気もありますけど、映画を観ながらいちゃいちゃべたべたするのが夢で」

　分からなくもないが、どう考えても同時には無理でしょうが、と言い返したい。継海は背後の清史郎に対して半眼になりつつ再生ボタンをクリックして、「一本くらいちゃんと観ろ」とその高い鼻をむにっと抓《つま》んだ。

まぁ、だいたい予想はできていた。一本目が終わり、次の候補の配信サイトで選んだ映画を観始めて十分も経たないうちに、清史郎がちょっかいを出してきたのだ。

一本目を観てるときも後頭部に顔を寄せるとか手をにぎにぎするだとか、そういう軽いスキンシップならあったが、耳と首筋にキスは完全にアウトだ。

「もぉ〜、きよしろ〜」

「観てていいですよ」

「観らんねぇってばぁ〜。あ、ほら、えろいシーンだぞ。男女のだと興奮する？　しない？」

画面を指さすと、清史郎の意識がやっとそっちに向いた。

「女性の裸を見ても性衝動は起きないけど、男女の性行為シーンを見ればムラッときます」

「へぇ……そうなんだ……」

清史郎の手が上衣の裾から中に入ってくる。脇腹をなでて、臍《へそ》を指でこすられたらぞくっとキて、どうしようもなく身体が揺れた。

「おへそ、感じるんですか？」

「し、知らねぇよっ。そんなとこ普通は誰もさわんないだろ。俺だって自分でさわんないし」

「舐めていい？」

継海が「ええっ？」と声をひっくり返したときには、清史郎が前に回り込んできて服を捲ったから、行動の素早さに驚くやら笑えるやらで。

「へ、変態っ……もぉ～……やだって」

「甘勃ちしてる」

「それは映画のえっちなシーンのせいだろ」

臍の窪みに舌を突っ込まれて、継海は歯を食いしばった。ぞくぞくと背筋が震える。

「臍を舐めると、ここがぴくぴく反応しますよ」

清史郎は下の膨らみにふれながらそう指摘すると、許可取りもなく継海のゆるいジョガーパンツを引き下ろして半勃ちのペニスを取り出した。

清史郎の舌が臍から移動を始め、下生えを滑り、ペニスの根元から這い上がる。腰が砕けて座っていられなくなり、継海はラグに仰臥《ぎょうが》した。

音を立ててしゃぶられ、いやらしい舌使いで舐められ、深く呑まれる。嚥下のときのゆるい吸引が気持ちよすぎて継海は息を弾ませた。

「あぁっ……あ、朝、も……したじゃんっ……」

「こんなふうになってる継海さんのを見たら、舐めたくなる」

ラグの上でいきなり始まった口淫に、また流される。朝もしてもらったのは自分で、たった数時間程度でまたこんなふうになるなんて。

――だって……こいつがうますぎんだもん……！

その手練にすっかり夢中になっていたが、清史郎が継海に寄り添うようにして横臥した。

「イくときの継海さんの顔、見せて」

「やだよ……見んな、ばかぁっ……あっ、ん、んっ……！」

唾液とカウパーでどろどろのペニスを扱《しご》かれると、腰が抜けそうなくらいにいい。

だらしなく顔がとろけるのが自分でも分かるのに、それをうっとりと見つめられながら扱かれる。清史郎はいちゃいちゃべたべたするという願望がかなって満足そうだ。

「気持ちよくてたまんない？　うずうず腰揺らしちゃってるのも……かわいい」

「や……見っ……んん……ん、い、いく」

清史郎がやさしく抱きしめて「いいですよ」と導いてくれた。


そんな甘く爛《ただ》れた同棲生活が続く中迎えた十二月。

いつものかんじの朝食に、『パプリカの肉巻き』が初登場した。きのうの夕飯の残りじゃないやつだ。

「ん？　この肉巻きは？」

「弁当作ったんで、その余りです」

「弁当？」

清史郎が指した先はキッチンで、すでに持って出るだけの状態になっているお弁当袋がふたつ並んでいる。

「えっ？　弁当作ったの？　ひとりで？　ぜんぶ？　朝から？」

継海が質問を浴びせると、清史郎は一括して「はい」とはにかんだ。そしてその突然の行動の理由を明かしてくれた。

「田島さん、いつも昼は手弁当じゃないですか。『たいへんですよね』って訊いたら、『朝食と昨晩のおかずをお弁当用によけておくから、その隙間を冷食で埋める』って。なるほど、と思って、俺もやってみました」

「弁当箱は？」

そんなもの、そもそもこの家にはない。

「きのうの外回りとき駅の雑貨店で」

継海は「まじか」と驚き、清史郎の「いただきます」に慌てて、自分も手を合わせた。

引っ越し初日に清史郎は料理ができないことが発覚して絶望したが、こうして朝食を用意してくれて、今日はついに弁当まで作ってくれた。

ふと見れば、壁の『同棲ＴＯＤＯリスト』に『愛情弁当を作る』が増えている。いつの間にか、すでに書かれている項目の隙間や横にしれっと追加されているのだ。よほど注意して毎日チェックしないと、増えたことにすら気付かない。

「社内プレゼンのあと会議もあるし忙しい一日だけど、ランチタイムが楽しみだな」

「毎日はできないかもですけど。詰められるものがあるときくらいは」

清史郎が「あ、そうだ」とスマホを取りだした。

「きのうも継海さんが夜更かしして、どこの馬の骨とも分からない男たちとサイバースペースで派手に浮気してるときに、このインスタアカウントを見つけて……」

「普通に『ネトゲで対戦』って言えや」

清史郎はスマホの画面をこちらに向けている。

「これ、蕨屋祐一氏の息子さんですよね」

「……『ｗａｒａｂｉ』の？」

継海がディレクションしているチームの商品として取り扱いたいと切望している、皮革製品工房『ｗａｒａｂｉ』だ。アポ取りしようとした電話を容赦なくガチャ切りされたまま、とくに進展はしていない。清史郎は「何か現状を打破する方法はないか」とずっと頭に引っかかっていたため、なんとなく『蕨屋』でタグ検索したらしい。

プロフィールに『蕨屋誠輔　皮革製品職人・デザイナー』とシンプルに表示されている。工房のサイトやマップへのリンクもあるから間違いない。

「で、ひさしぶりにサイトに飛んでみたんですよ。『ｗａｒａｂｉ』の代表が父の祐一氏から、その誠輔氏に代わってました」

清史郎からもたらされた思わぬ情報に、継海は口から豆腐を飛ばしそうになりながら「えっ？」と驚きの声を上げた。

「継海さんがガチャ切りされたあと、今月に入ってから社長交代したようです」

「おまえ、それを先に言えよ」

清史郎は「驚いた顔が見たくて」と笑っている。

「とはいえ家族経営ですし、祐一氏の影響力は多分にあるかもしれませんが」

「でも、これで少しは風向きが変わるかもな」

継海はもぐもぐしながらインスタグラムのサムネイルを上から適当に選んでみた。

「このバーボンブラウンのブリーフケース……バッファローの皮革か。色が渋くていいな」

「俺もそれに惹かれてサイトに飛んだら、最近の新シリーズでトートやボディーバッグなんかもありました。ポストされた内容を見ると、近年はこの蕨屋誠輔さんがデザインした皮革製品がラインナップのメインになってるんですね。世襲で社長交代してすぐというのはあちらの心証的にどうかとも思いますけど、同じように考える他社に出し抜かれたくないので、早急に一度コンタクトを取るのもアリかなって」

継海は味噌汁を啜って「んー」と唸った。

「……そうだな。なんとか歩み寄る余地はないのか、探りたいし、こっちの思いを伝えたい」

継海の言葉に、清史郎はにっと笑ってうなずいた。

出社して送っておいたメールに蕨屋誠輔からすぐに返信があり、アポ取りにはじめて成功した。

ふたりで作戦ミーティングをしながら清史郎お手製の弁当を一緒に食べ、午後の会議が終わり次第、先方の好みに合いそうな手土産を見繕って工房へ向かう。

品川から四十分ほどかけて横浜市の元町へ。商店街のアーチをくぐって石畳の通りを進み、皮革製品工房『ｗａｒａｂｉ』に到着した。建物の一階がショールームと店舗、二階、三階が工房となっている。

応接室に通され、ほどなくして蕨屋誠輔が現れた。身長は清史郎より少し低く、サーファーみたいな体格、目力が強いもののさわやかな印象だ。継海より年上、三十代半ばくらいに見える。

「別注の製品を企画したい……とのことでしたよね。これまでに何度かご連絡いただいて、そのたびに父がそっけなくしていましたが」

「何か特別な信念を持っていらっしゃるのを感じていました。せめていつかごあいさつだけでもと思ってましたので……」

手土産を渡し、時間をつくってもらったことに感謝の気持ちを伝えてあいさつを交わした。そのあいさつの間中、印象強い眸でじっと見つめられる。それが何を意味するのか分からずに目で問うと、彼は控えめに笑った。

「父に二度断られると、三度目のご連絡っていただけないものなんですよね」

明るい声でそう告げられ、継海も緊張がほぐれてほほえんだ。

「あ……では、わたしはかなりしつこかったかも……半年に亘《わた》り何度も……。お仕事の邪魔をして申し訳なかったですが、じつはまだまだねばるつもりでいたので」

継海の言葉に誠輔は目を大きくしている。

「では、豊平さんも父に負けないくらい相当なこだわりを持ってるということですね？」

訊かれたのをチャンスと捉えて、『ｗａｒａｂｉ』のバッグとの出会いからこれまでの経緯、ジャパニーズブランドに強くこだわる社の理念、自分自身の思いを伝えた。

「ようやくこうしてお会いする機会をいただけたので、長々と話し込んでしまいました」

もちろん、誠輔が少しでもマイナスな反応をしたら、話を続けたりはしなかった。ちゃんと聞いてくれたし、知ろうとしてくれたから話せたのだ。

「いいえ、どんな押しの強い方なのかなとどきどきしてましたが、期待以上でした」

そう返した誠輔はにこやかなので、プラスの意味で捉えてもよさそうだ。

ところが「しかしながら……」と彼が言葉をつないだので、いっきに雲行きが変わった。

「わたしはこの工房と大切な職人たち、商品に懸ける思いすべてを引き継いだつもりです。現在の社長はわたしですが、父の気持ちを無視するわけにはいきません」

継海が深くうなずくと、誠輔は「お恥ずかしい話ですが」と顔色を曇らせる。

「じつはわたしの未熟さと青臭い野心で、有名になることや、ブランドを大きくすることにばかり気を取られて、不相応な仕事を受けてしまったことがあるんです」

清史郎が以前見つけたショップのブログ記事『持ち手の留め具が外れる不具合があり、無償修理交換で対応します』――が頭をよぎるが、その件なのかは確認のしようがない。

「頑固で後衛的と思われるかもしれませんが、お客様ご自身の目で見て、『ｗａｒａｂｉ』のバッグを選んでくださる方に持っていただきたい。有名人や芸能人が持ってるからとか、はやってるからとか、そういう人の気持ちに飛びついてはいけないと思っています」

自分の目で見つけて確かめて手に入れるというより、画面上に氾濫する情報の中から惹かれたものをボタンひとつで買える時代だ。だから『ジャパン・プロダクツ』のような通販事業がメインの会社に取り扱いと販売を任せてはもらえないだろうな、と感じた。

「……はい……よく分かりました……」

思いを理解できるだけに、これ以上は押せない、と思ってしまう。

「わたしたちは『ｗａｒａｂｉ』のバッグの良さをまだ知らない人たちにも、知ってほしいと思っています。どんな装いのときに持っても、『ｗａｒａｂｉ』のバッグは浮いたりしない。バッグの居心地が悪くないから、自然と持つ機会も増える。バッグのスタメンとして……」

気付けば誠輔が目を瞬かせているので、継海は「あれっ……的外れなことを言ったかな」と慌てた。すると誠輔が今度は表情をほころばせ、「いえ、そうじゃなくて」と首を振る。

「豊平さん、おもしろい言い方をしますね。『バッグの居心地が悪くない』って、バッグが主役になる人に、はじめて会いました」

「え？　あ、あぁ、そうですか？」

誠輔にあたたかなまなざしで見つめられ、継海は少し反応に困りながら続けた。

「ネット通販だけではなく、実際手に取ってお客様に見ていただけるような……あ、ポップアップストアを出せたらいいのかもしれませんね」

デパートの売り場の一角を数日から数週間だけ借りて、店を開く形態だ。ぽろっとこぼれた思いつきの独り言だったが、誠輔が「ポップアップストア……」と少し興味を持ったようだった。

――好感触だけど、ここで押すには準備がたりなすぎる！　押しすぎも禁物！

誠輔には響いたようだったので、継海は「そろそろ失礼しようか」と清史郎に声をかけた。次の交渉の機会までにポップアップストアの計画を具体的に進めておけば、うまく転がるかもしれない。

帰り際、ショールームのほうでバッグ以外にも小物などひととおり見せてもらった。

「ロールペンケース、いいな。カードケースも。この色が絶妙なんだよなぁ」

「どれも色出しがいいですよね……」

継海と清史郎がショーケースを覗き、互いに手に取って見たりする傍で、誠輔が説明を添えてくれる。

「参考にしているのは鉱石の色や自然の景色で、わたしが『美しい』と思ったものの色をイメージしています。鎌倉の夕暮れとか宮古島の海とか、津軽の地層の土。それらはじつにカラフルですが、落ち着いた色味のアースカラーです」

見た色を分析して落とし込むなんて、こんななにげない会話の中でも、誠輔の非凡な才能を垣間見た気がする。

「あぁ……だから黄色とか多少派手な色であっても、浮いたりせずになじむんですね」

「豊平さんの眸も、きれいだなって思って見てます」

「え？」

感心していたら、誠輔にずいっと顔を寄せられた。さらに継海の目尻の辺りに誠輔の指がふれている。継海は瞠目して、思いきり身を硬くしてしまった。首筋に一瞬で鳥肌が立つ。

誠輔に眸を覗き込まれ、継海はぎょっとしつつ「普通の黒い目ですよね」と無理やり笑った。

「いいえ、真っ黒じゃないですよ。ちょっとアンバーが入っていて、いつか見たヴィンテージの首飾りに使われていた鼈甲《べっこう》色のビーズみたいだな……。今ちょっと潤んでますね？」

雰囲気のあるいい声で問われて、継海は「ははは」と愛想笑いする。そうして一歩二歩と、控えめに離れた。

「今度は仕事抜きで、プライベートで選びに伺います。あ、何か気になることがございましたら、お渡しした名刺の裏がわたし個人のアドレスなので、いつでもご連絡ください」

継海が「いろいろお話できて楽しかったです」と笑顔であいさつすると、誠輔も「今度は中華でも食べながら」とにこやかに返してくれた。

「『新しい風が欲しい』とお感じになったときに、わたしたちのことを思い出していただければ」

「豊平さんとだったら、ものづくりも楽しそうだ」

継海はぱっと笑顔になり、清史郎とともに「畏れ入ります」と最後に会釈した。


「もう少し時間をかけて押せば、いけそうな気がするんだよなぁ」

マンションに帰宅して継海が上機嫌でにまにましていると、清史郎は無表情であっさり「そうですね」と返す。そういえば『ｗａｒａｂｉ』から会社に戻るときも、いつも低めの清史郎のテンションがさらに低かった。

「なんだよ。疲れた？　腹減った？」

継海が下から顔を覗き込むと、清史郎はここでようやく目線を合わせ、小さくため息をつく。

「いえ……。継海さんの天然な人タラシ力がいかんなく発揮されてて、かっこよかったなって」

「人タラシって」

――それが「いえ」「かっこよかった」っていう顔か？

清史郎の不機嫌の意味が分からないし放っておくつもりでいたら、清史郎が話を続けた。

「きっと彼のほうから連絡が来ますよ。継海さんの個人的な連絡先に」

「……なんかさっきからめっちゃ棘ない？」

継海は顔をしかめた。あいかわらず清史郎の表情が読めない。

「蕨屋さんは……継海さんに好意を抱いているように見えました。『俺と同じ意味で』です」

男に恋愛的な意味で好意を持たれている、ということのようだ。たしかに帰り際にやたらと接近されたが、今のところそれだけだ。

「俺がびっくりするくらい、押しの強いタイプだったじゃないですか」

「おまえが驚くなんて、相当だな」

たしかに初対面にもかかわらず、距離の詰め方は清史郎以上に遠慮がなかったかもしれない。

「今日会ったあの一時間ほどで、なんかあるわけないだろ。ああいう人なんだよ、たぶん」

「ニブいとは思ってましたが、あそこまでされて気付かないとは。俺に目をつけられたんだから、少しは自覚してください」

清史郎の自虐的な言い方にはちょっと笑いそうになるが、おまえ最初は俺のことモブ扱いだったくせに、と突っ込みたい。

「気付かないとかじゃなくて、俺は、蕨屋さんを仕事相手としか見てねーの。なのに考慮する必要ある？　それとも俺がおまえとしてるようなことを、誰とでもすると思ってんのかよ」

「いやです」

噛み合わない返しを真顔で即答され、「いやです、じゃねーだろ」と継海は呆れつつ笑った。

「するわけないだろって言ってんの、読み取れ、ばーか」

決定的な何かがあったわけでもないのに、時間の無駄としか思えない会話だ。

冷蔵庫を開けて、今日の献立に頭をスイッチすると、また何やら勝手に曲解したらしい清史郎が、継海の背後から腰に両腕を巻きつけてきた。

「……俺とだけですか」

「だから、今んところは、な」

いつものように『ニセ同棲』にまつわるあれこれを絡めた返しをすると、背後で清史郎が笑ったのが分かった。

「ほら、今日は挽き肉で肉じゃが作るんだろ？　糸こん入れるんだっけ。あと、ほっけを焼くんだったな。大根おろしもつけて。味噌汁の具はー」

「継海さん」

呼ばれて清史郎のほうをちらっと振り返ると、ご主人を待つ犬っころみたいな目で見てくる。べったりくっついたまま、かまってオーラがはなはだしい。

「腹減ってんのに、なんなんだよ、もう～」

「キスしたい」

「あ？　めんどくせーなぁ」

半眼になっても背後から清史郎にじいっと見つめられて、継海からキスするはめになった。

軽くくっつけて離れたら、今度は清史郎が腰に回していた手で継海を抱きしめながら、くちびるを塞ぐようにぴったりと重ねてくる。

決して長くはないくちづけのあと、継海の髪にもキスをくれた。ちらっと見ると、清史郎の目尻がちょっと下がっている。はたから見れば清史郎は涼しい顔をしているだけに映るだろうが、継海からすると尻尾をばたばたと振りたくっている犬みたいだ。

何がそんなにうれしかったのか。

――……あ……はじめて俺のほうからしたから……か？

しゃーねーなぁ、っていうやつだったのだが。清史郎はキスの内容は気にしてなさそうだ。

継海が身体ごと清史郎のほうを向くと、じっと見つめてくる。どうしようもなく「好き」が溢れている顔がなんだかかわいく思えて、継海はもう一度軽くくちびるをくっつけた。

「……機嫌、直ったかよ」

すると清史郎が継海をぎゅううっと抱きしめて、ほっとしたようなため息をつく。継海も愛しい気持ちが湧き、清史郎の背中を抱いて、ぽんぽん、と慰めた。

「継海さん、今日の夕飯は俺ひとりで作ってみます。だからその間に、先にお風呂に入ってくだ

さい。朝からプレゼンに会議に、横浜の『ｗａｒａｂｉ』にと忙しい一日でしたから」

「魚は焼くだけだけど、肉じゃがもひとりで？」

「糸こんを湯通ししなきゃいけないくらいで、挽き肉を少量のごま油で炒めて、たまねぎと根菜を入れて、あとは煮るだけですよね。味噌汁の具はなすと油揚げと豆腐でいいですか？」

料理の腕前の成長が著しいので、清史郎に任せても不安はなさそうだ。

継海は「じゃあ、そうさせてもらおうかな」とうなずいた。


清史郎が準備してくれた夕飯には、長ネギに柚こしょうをつけてグリルで焼いたもの、きゅうりとセロリを豆板醤で和えたものなんかも並べてくれていた。

「う～……ど平日なのにちょっと飲みすぎたな……。しみしみの肉じゃがも、脂がのったほっけもうまかったしー……」

おつまみもどれもおいしかった。ピリ辛の味付けだと、ついついアルコールが進む。

『ｗａｒａｂｉ』での初顔合わせがひとまずうまくいったので祝杯と称してお酒を飲み始めたのもあり、調子にのりすぎた。

飲んで食ってソファーでだらだら。宅飲みは最高だ。

見る気のないテレビがついたリビングで、スマホを弄りながらごろごろしていたら、ＬＩＮＥ

にメッセージが届いた。

――『蕨屋誠輔』。

こちらのＩＤを名刺に書いておいたが、普段は仕事相手にこういうプライベート用のアカウントまでばらまいたりしない。今回はようやくできた『ｗａｒａｂｉ』とのつながりが途切れないように、可能な限り網を張ったままでだ。

清史郎は入浴中だが、まだ出てくる様子はない。

継海はトーク画面を開いた。

『こんばんは。蕨屋です。』から始まり、今日の訪問と手土産に対するお礼の言葉などが続いて、最後は『ところで豊平さんは、お酒はお好きですか？』で終わっている。

「……うーん……」

継海はしかめっ面で仰向けになった。飲みに誘われる展開が予想できて、清史郎に『彼に恋愛的な意味で好意を持たれている』と言われたことが一瞬頭をよぎったのだ。

お酒はあえて言うほど好きでもきらいでもないが、いかんせん弱い。でもこういうときは『好きです』と答えるべきだろう。そもそも仕事につながる関係を築くために、ＩＤを書き添えたのは自分だ。この段階から自意識過剰で警戒するのだっておかしい。

継海も今日の訪問に関してのお礼を最初に綴り、最後に『お酒、好きですよ』と笑顔の絵文字を添えて送信する。しばらく画面をそのままにしておくと、すぐに既読がついた。

少し考えて、一旦ホーム画面に戻す。予想どおり立て続けに二通の返信があり、継海は既読がつかないように通知欄でそれを読んだ。

『週末、もし何もご予定がないようでしたら、こちらへ飲みにいらっしゃいませんか？』『豊平さんとお話するのが楽しかったので、ゆっくりと食事とお酒などどうかなと思っています』

二回目の「うーん……」が口からこぼれる。

——これは清史郎も一緒にお誘いされてるかんじがしないなぁ……。

ふたりまとめてなら、あちらが気を遣ってそう書いてくれるはずだ。

でもこれを断るなんてあり得ない。出張でも入っていればべつだが、万障繰り合わせて行くべきだ。

ただ、問題は清史郎のことをどうするか。知ればいやがるだろうし、清史郎がもし同席すれば、ふたりに気を遣って話さなければならなくなる。一緒の職場で、こうして同棲しているのだから、清史郎に黙って行くのは不可能だ。しかし告げれば「ついて行く」と言いかねない。

『金曜、土曜、どちらがよろしいでしょうか。スケジュールを確認して明日連絡します』

現段階で夜に予定がないのは分かっているが、ここはひとまず引き延ばすのが得策だろう。

誠輔からは『どちらでも』『万が一遅くなっても、泊まるところは確保できますよ』とおどけた調子の絵文字付きで返信があり、継海は「ぐわー……」と声を上げた。

「……いやいやいや。横浜だし、終電の心配してくれてるだけで、べつにどの文面も普通だろ。

変に考えすぎるな」

ぶつぶつ唱えて、ため息をつく。誠輔には『承知しました。また連絡します』と返してアプリを閉じた。とにかく今は、蕨屋誠輔の心証を一ミリも悪くしたくない。

「……俺は誰に気ぃ遣ってんだよ」

清史郎には『お試しのおつきあいなのだから浮気されても仕方ない』と最初に言われているし、誰といつどこで会おうが継海の自由だ。しかも仕事相手からの飲みの誘いは業務の延長であって、遊びではない。清史郎に遠慮する必要はないと思う。

それにそもそも清史郎が心配している内容が『継海の浮気』についてだったら、そんなものはあり得ないと自分で言い切れる。

「いきなり取って喰われるわけでもないし」

誠輔がいくら押しの強い男だろうと、継海だって男なのだ。多少酒が入るとはいえ、さすがに歩けなくなるほど飲むわけはない。仕事相手に対して、あっちだっておかしなまねはしないだろう。もしその辺を清史郎が危惧するなら、「ばかにすんな」と言いたい。

――でも……余計な心配やら嫉妬やらは、させたくないな。ふたりで暮らしてる状態で揉めたくないし。とにかく平穏に暮らしたいんだよ、俺はこの部屋で。

心配しなくていいという部分は頭で理解できても、嫉妬は心の問題なので厄介だ。

――『お試しのおつきあい』で、『ニセ同棲』だから、逆に不安が増して嫉妬すんのかな。

ふと、このあやふやな状態はいつまで続くのだろうか、と考えた。

現状で何も問題はない。不平不満もない。

最初こそ「騙された！」と思ったが、買い物の仕方から食品の保存方法に至るまで、今や継海が口出しすることもなくなった。清史郎は向上心、探究心があるから料理の腕もめきめき上達していて、不満どころか、継海の自由は完全に確保されつつある。

日曜は十一時まで寝ていても文句を言われないし、ネットゲームなんて何時間でもし放題。仕事よりネトゲで凝った肩と背中を清史郎がマッサージしてくれるし、風呂上がりに髪まで乾かしてくれる。ときどきアイスクリームやケーキを買ってきてくれるが、「こういうの、俺にも作れるかな」と言っていたので、そのうち三時のおやつまで手作りしそうだ。

「……あれっ……俺のツレ、じつは相当ハイスペックじゃないか？」

イケメンだし、身体もかっこいい。ついでに言っておくと、フェラもすごくうまい。

「しかも肉欲のウエイト大きい……最低だ、ぼく」

いつの間にこんなことになったのだろうか。さめざめと泣きたい気分になり、継海は両手で顔を覆った。

「…………」

びっくりだ。考えてみたが、清史郎よりいい男が周りにいない。

——ママみたいな人に衣食住をお世話してほしいってわけじゃないし、清史郎の代わりの女の子が欲しいわけでもない。ひとりでも生きていけるけど、清史郎といるとラクで楽しいんだよな。

衣食住と性欲まで満たされて、何を不満に思うことがあるだろうか。しあわせすぎて怖いくらいだ。

しあわせ、に結論が行き着いたところで、飲酒も相まってついうとうとしてしまった。

「継海さん、眠いならベッド行きましょうよ。風邪ひきますよ？」

「ん～……」

うっすらまぶたを上げると、首からタオルをさげた清史郎が目の前にいる。濡れ髪と、風呂上がりの艶肌が色っぽい。

「そうだ、継海さん。俺、今度の土曜日に大学時代の友だちに飲みに誘われて……」

清史郎からの報告に、継海は「えっ？」と目を見開いた。

「土曜日？」

「はい。風呂入ってる間にＬＩＮＥでお誘いが来てたんですけど……、なんかありますか？」

「いやっ……なんもないよ」

咄嗟についた嘘で、強いストレスがかかり、胸がずきんっとする。

清史郎が大学時代の友人と飲んでいる時間帯なら、俺が出掛けていても不自然じゃない。蕨屋さんに急に誘われたから行ったことにすればいい――そんな算段が脳裏に浮かぶ。

同じタイミングで同じ内容のお誘いがそれぞれにきたのは、なんの因果だろうか。清史郎は気軽に話してくれているのに、継海は故意に隠している。

気付けば清史郎に眸を覗かれていて、継海は「えっ、何？」と声をうわずらせた。

「……じゃあ、俺は土曜の夜はそっちに行ってもいいですか？」

「あ……うん、行ってこいよ」

これ、隠してよかったのかな――物わかりのいいような答え方をした自分に嫌悪感を覚えるし、罪悪感でいっぱいになる。

疚しさはないのにあえて言わないのは、心配させたくないというより、どうでもいいことを騒ぎ立てそうな清史郎と揉めるのが面倒だからだ。

清史郎は背後のキッチンのほうで水を飲んだりしている。食器の音がするから、乾燥がすんだものをしまっているのかもしれない。

ずきずきする胸を押さえつつソファーに寝転がったままでいると、清史郎が戻ってきて床のラグに座った。

テレビは夜のニュース番組が流れている。取り上げられている話題は、ちょうどおといスクープされた芸能人の不倫報道だ。『どこからが不倫か』という街頭調査で、『パートナーに内緒で食事』『手をつないだら』『キスをしたら』など、個人的価値観をみんなカメラに向かってコメントしている。

ばらばらの答えだが、『誰かと会うのを秘密にした時点で、浮気するしない以前に、浮気心はあるってことだよね〜』とのコメントが、今の継海にはぐさっときた。「いや、浮気心はないってば！」と継海が叫んだところで、清史郎も嫌悪感を示すだろう。

「継海さん、どうしたんですか？」

「えっ？」

眉間の辺りを指先ですりすりとされて、「顔が凝りますよ」と笑われる。

話してしまおうか、とちらっとよぎるが、その眉間にそっとくちづけてほっとしたようにほほえむ清史郎と目が合ったら、やっぱり言葉が出てこなかった。

そんな要素もないのにわざわざ話して、浮気だなんだと疑われたくない。

「ちょっと今日は飲みすぎました？」

「だって酒のアテばっかだったろ。辛いの出されたら飲む量も増えるよ、そりゃ」

清史郎は薄く笑って継海の髪を指で梳き、眸を覗き込むようにして今度はくちびるにキスをした。何度も啄むようにされて、薄い皮膚が軽くふれあっているだけなのに、それがすごく気持ちいい。

「なんで……かな……。おまえのキス……めちゃめちゃ気持ちいい……んだよな」

特別なことなんて何もしていないと思う。なのに、なぜか、とても。

「好き、って気持ちでしてるからじゃないですかね、俺が」

だったら一方的な恋情を押しつけるようなキスにも、その想いを感じ取って、こんなふうになるんだろうか?

いくら恋愛偏差値ゼロだとしても、ぜったいにこんなふうにならないことくらい分かる。

――……俺も清史郎のこと、こいつと同じ意味で、深さで、好きなのかな。

清史郎がソファーに軽く腰掛け、継海の頭を囲むように腕をついて、うっとりとくちづけた。

――なんか……やけにどきどきする……。

少し飲みすぎたせいだろうか。それとも、わずかでも罪悪感があるからだろうか。

清史郎の想いがこもった扱いを、今日はいつも以上に特別に意識してしまう。

年下の男に、髪をやさしく梳かれて、耳朶をいじられて、まるで女の子をあやすみたいだ。それなのに腹も立たなければ、嫌悪もない。ちょっとは「これでいいのか? 豊平継海!」とは思うが、こうしてされるがまま、心地よく身を任せている。

ぺろりとくちびるのあわいを舐められたら、「口を開けてください」の合図だ。

継海は素直に口を薄く開いた。すでにゆるんでいる歯列を割り、清史郎が舌で継海をくすぐる。

「……んっ……」

舌を絡めあうキスに興奮して膨らんだペニスを、清史郎がよしよしするようになでるから継海は喉の奥で笑った。なでたかと思うと、パジャマの生地を爪でひっかいて刺激してくる。

「きよしろっ……それくすぐったい」

「くすぐったいのより、もっと気持ちよくしてほしいですか？」

清史郎が楽しげに笑って問うから、継海も同じように笑って「そりゃそうだろ」と返した。

継海のパジャマと下着を清史郎がぐいっと引き下ろす。いつもぜんぶ脱がされることはないのに、なぜか今日は下衣をすべて取られてソファーの下に落とされた。

煌々とした明かりの下で、妙に恥ずかしくて「きゃっ、なんでフルチン？」とおどける。

清史郎は口元にだけ笑みを浮かべると、継海に覆い被さった。

くちづけながら継海のものを手筒でこすり、髪や首筋もたえずかわいがるようにして丁寧にふれる。まだ少し柔らかい陰茎をこすられ、剝きだしの粘膜を親指の腹でくすぐられる。

「……はぁ……あっ、……ぁ……」

くちゅくちゅ、と先端から溢れた蜜の音が耳に届きだした頃、清史郎のくちびると舌と口腔の粘膜にペニスを深く呑み込まれた。

「……んっ、……あぁ……はぁっ……」

手の刺激と口淫が合わさって隙がない。継海は強烈な快感に思わず腰を浮かせた。

丸まったつま先でソファーの皮革をかく。今日はいつも以上に、すごく感じる。

くちびるは薄く開いたまま、閉じたまぶたが震えた。ペニスに受ける刺激で、臀部に力が入ったり抜けたりする。

懸命な口淫は陰茎だけじゃなく、陰嚢にまで及んだ。飴玉みたいにまるごと含まれ、舐められて、口の中で転がされる。精巣を呑まれてしまいそうな、その愛撫はとても刺激的だ。

継海はたまらず身を捩った。腰を振りたくて我慢できなくなり、ぐずぐずと揺らす。

すると清史郎が陰嚢からさらに下の深いところへ、くちびると舌を滑らせた。

「あっ……？」

後孔を舌で愛撫されている。

「あっ……！　やっ……」

びっくりして起き上がろうとしたが、下半身にまるで力が入らない。

横臥で腰を捻った状態だからペニスは見えないものの、臀部は丸出しだ。そこに清史郎が顔を埋めている。

「や、やっ……き、きよっ……」

後孔に舌が入ってくるのを感じて、継海はソファーの座面にわっとしがみついた。

いっときとまっていた手淫が再開され、そんなところを舐められるのはいやだと思うのに、腰が抜けたようになっている。ぞくぞくとした快感で背筋が痺れて、力が入らない。頭ではこの行為を理解できないのに、身体は気持ちいいと悦んでいるのだ。

継海は目を瞑って、ひくひくと喘いだ。

舌が入っているところに、別のものが割り込んでくる。清史郎の指だ。

「き、よしろっ……」

「継海さんが気持ちいいところ、さわるから」

敬語も何も吹き飛んだ喋り方で、清史郎の声も少しうわずっている。

清史郎はこれまでもずっと冷静なようだったし、彼のそんな声を聞くのがはじめてだったから、自分の身におこっていることよりもそれに驚いた。

――清史郎も興奮してる……？

それに気付くと、継海の胸もわっと昂った。

清史郎のほうを窺うと、小さなチューブの容器から出したジェル状のものを指先に取り、継海の後孔にそれを塗りつけている。

「……それ何……？」

「継海さんが痛くないように……薬物とか変なものじゃありません」

「……っんでそんなもん……いつの間に……」

その継海の問いには清史郎は何も答えてくれない。でも清史郎のパジャマのポケットか、その辺の薬をしまっている棚かどこかに、前もって準備していたのだろう。

「なんでっ……？」

清史郎が何を望んでいるのか理解できない。だから、悪いことをしているのを見抜かれて、お仕置きをされているような気がしてしまう。

「継海さんの、少しでも深いところにふれたい。つながりたい。今はまだ、俺は他の誰とも違わないから」

　小さなつぶやきが継海の耳に届いた。

　――『他の誰とも違わない』って、焦ってるってことか……？

　今日、蕨屋誠輔とのことがあったからだろうか。継海の目元に彼が指でふれた瞬間、清史郎はどう思って、どんな顔をしていたのだろう。

　挿入される指一本分の深さに、どれほどの意味があるのかなんて分からない。でも継海にしてみれば、他人と暮らしていることそのものが、この生活を楽しんでいることがすでに『他とは違う』のだ。それに清史郎以外の人とは、こんな性的な行為はしないし、するつもりもないのに。

「継海さんを、少しでいいから、ください」

　それじゃたりない、とでも言うのだろうか。

「……だめ？」

　おそらく最後の確認に、継海はそれで気がすむならという気持ちで返事をしなかった。

　ジェルのぬめりを利用して、清史郎の指がぬぷっと入ってくる。

　自分の身体の中に他人の指が入るなんて、はじめてのことだ。いくらやさしくされても、ただ違和感と異物感しかない。でも清史郎の想いを撥ねのけたくなるほど、いやではなかった。

「俺だけがさわれるって、すごいな……」

清史郎の小さなつぶやきを耳で拾う。いつの間にか瞑っていたまぶたを上げてそちらを見ると、熱に浮かされたような濡れた眸の清史郎と目が合った。欲情されているのが分かるほど色っぽくて、ぞくっとする。清史郎に懸命に求められているのが伝わると、受け入れてもいい、と思えた。

「……はぁっ……」

無意識に後孔を締めつけてしまい、清史郎の指のかたちを身の内で感じた。

驚いて萎えたペニスを慰められ、後孔に埋めた指で内側の粘膜をなでるようにゆっくりと動かされる。

「継海さん……いやなら言って。やめますから」

清史郎が背後から継海に寄り添うようにして覆い被さってきた。継海がことさら弱い首筋やら耳朶をしゃぶられながら、前とうしろを同時に愛撫される。

最初は何も感じなかった内壁を指でやさしく抉られるうちに、後孔がきゅうんと窄まった。

「あ……っ……」

ちょうど指の腹があたっているところ。そこをこすられたとき、とろけるような、じわっと何か漏れ出すようなかんじがする。

継海が鼻を鳴らすと、清史郎は愛しむように耳のうしろやうなじをざりざりと舐めたり、口や鼻梁まで使って柔らかさのない身体と薄い肌膚を愛撫した。

無理なことはされていない。痛くもない。それどころか、精いっぱいの方法でかわいがってくれているのが伝わる。それがうれしいと思ったら、身体が昂った。

「継海さん、また勃ってきたから……ここに意識向けて、気持ちよくなって」

言われたとおり目を閉じて、清史郎にこすられているペニスの快感に集中した。

「……あっ……はぁ……」

心臓がばくばくしている。自分の下肢を覗くと鈴口からとろっと蜜がこぼれる瞬間で、それを見たら脳が甘く痺れ、後孔の異物感が消えて気持ちよさがはっきりと上回った。

一度快楽が違物感を凌駕《りょうが》すると、そこからは快感しか拾わなくなる。

ブレーキが壊れた自転車で坂道を下りるよう。自分でとめられない。

「ふぁ……はぁっ、あっ……」

継海は鼻を抜ける声を抑えきれず、口元をクッションに押しつけた。

手淫されているペニスだけじゃなく、さっきから指でなでられている後孔のところもいい。絶妙な強さで内襞を指圧され、指先だけ動かしてそこをこすられると、たまらない気持ちよさだ。

「……っ……んんっ、あぁっ……はぁっ……」

「継海さん……苦しくない？　こっちも気持ちいい？」

継海は身を縮めながら、うんうん、とうなずいた。

「揺らすから……気持ちよかったらそのままイって」

何をされるのか分からずに戸惑っていると、身体がずり上がるほど大きく揺らされた。

「……！」

視界が上下にブレる。継海はソファーから落ちないよう、座面にしがみついた。

清史郎は後孔を弄っている手に自身の下肢を押しつけて、継海の身体ごと揺さぶってくる。律動のたびに、あの気持ちいいところを指の腹で抉られた。下から突き上げられる動きは、まるで清史郎とセックスしているみたいだ。

「……っん……あっ……」

首筋を噛むように少し乱暴に愛撫され、清史郎の乱れた息遣いが継海の耳孔を刺激する。

「つぐっ……継海さんっ……っ、ふっ……」

清史郎のそんな声を聞いたら後孔がきゅんと収斂《しゅうれん》して、中の指を思いきり締めつけた。

その後孔のポイントを圧されっぱなしで、熱く充血したペニスをこすり上げられる。

「あぁっ、あっ……出るぅっ……！」

いきなり絶頂感がきて、継海は激しく射精した。

腹の底から何度も快感が広がって、そのたびに鈴口から白濁がとぷとぷと溢れてくる。

「……あぁ……あぁ……」

たまっていたものを出しきって、ぐったりしていると、つい今まで埋まっていた清史郎の指がぬるんと出て行った。引き抜かれたときの刺激にも、背筋がびくびくと跳ねる。

「……ふ……う……」

達したときは、二十八年の人生で覚えのない種類の、強い快感だった。

――なんか……なんか今のは、最後の扉を開けちゃった気がするんだけど……。

尽くされまくるからしあわせを感じてるとか、お試しだからとか、そんな言い訳めいた逃げ道はなく、もう継海自身もふたりの関係も後戻りできないところまで来たのではないだろうか。

清史郎は継海の足もとのほうで後始末をしているらしい。動くのも何か話すのも億劫だ。疲労感だけじゃなく気持ちの上で、口淫でイかされたときみたいに、なぜかするっと日常に戻れない。

「……継海さん、だいじょうぶですか？」

継海がずっと黙っているから、不安そうな声だ。クッションに顔を埋めたままの後頭部をなでられて、継海はもぞもぞと清史郎のほうへ顔を向け、ちらっと目を遣った。

「……うしろをされるの、いやでした？」

「ちがう……ちょっとびびっただけ。気持ちいいのもびっくりしたし……」

継海の答えを聞いて、清史郎がほっとしたようなおだやかな表情になる。清史郎はいとおしそうに継海の髪をなでて、そこにキスをくれたり、うっとりと見つめたりした。

甘い雰囲気もぜんぶ、てれくさい。目を合わせていられず、継海は顔を手で隠した。

「……なんか、……なんかすげぇ恥ずかしいんだけど。へ、変な声も、いっぱい出た……」

「俺は……継海さんが気持ちよさそうで、うれしかったです」

その言葉どおりの表情を浮かべた清史郎が、継海にそっとくちづけた。

恥ずかしくて、てれくさくて、うれしい。ふれるだけのキスもおかしなくらい気持ちよくて、もっとしてほしくて、今度は継海のほうから清史郎のくちびるを舐めて誘う。

――あぁ……もう、俺……好きなのかも……？

清史郎が惜しみなく応えてくれて、継海は彼の首筋に腕を回した。頬や目尻にも清史郎がキスをくれる。難しいことはあとまわしにして、今は溺れるほどの多幸感の中にとどまっていたい。

身体の昂りがどうにもおさまらず、継海はぶるっと身震いした。

「……さっきみたいに指で、もう一回されたい？」

訊かれたら快楽を知った身体が先に反応して、それが清史郎に伝わる。

今度は床に膝をついて、ソファーの座面にすがりつくようなポーズを取らされた。

「……こういうの、書いてんの？　『裏リスト』に」

清史郎は喉の奥で笑って「書いておくと、なぜか叶うんですよね」なんていけしゃあしゃあと答える。おまえがやりたいことを着々と実行に移してるだけだろ、と返したかったが、ジェルをまとった指で窄まりをなでられたら最後、頭が快感で混濁してしまった。

□6□

けっきょく、週末のその日まで、継海は清史郎に『蕨屋誠輔から飲みに誘われたこと』を話さなかった。

休日出勤で業務をこなし、清史郎は仕事の帰りにそのまま大学時代の友人と飲みにいく。一方、継海は清史郎と会社で別れ、自宅に帰らず横浜へ向かった。

ただ飲みに行くわけじゃない。『ｗａｒａｂ·ｉ』との今後の進展を期待して、次の一手を提案するつもりだ。水面下で上司にも話を通し、許可は下りている。

はじめて顔合わせをしたとき、誠輔はポップアップストアに興味を示した。

画面上に氾濫する情報の中から惹かれたものをボタンひとつで気軽に買うのではなく、自分の目で見つけて確かめて手に入れる――それができて、彼らの理念や条件を呑めるのは実店舗だ。

ネット通販全盛期に逆行するようだが、ポップアップストアなら商品を直接手に取れるので、『ｗａｒａｂ·ｉ』の意向に多少は添うことができる。お客様の生の声を聞けば、誠輔の気持ちも変化するかもしれない。実店舗でのみの販売にどうしてもこだわるなら、ポップアップストアを定期的に実施するという手もある。

誠輔に案内された店で中華料理を食べながらポップアップストアについて軽く話を振ると、やはり興味を示した。

「ポップアップストアのマージンなんかも具体的にお伺いしたいですね」

継海は二杯目もビール、誠輔は紹興酒を飲み、『干し鮑《あわび》と湯葉の煮込み』に箸を伸ばしている。

テーブルに並ぶのは『干し貝柱ときのこの撈飯《ラオファン》』『モンゴウイカの馬拉醤炒め《マーラージャン》』など、家庭料理では出てこないものばかりだ。

「いきなり別注品のオーダーじゃなくても、『ｗａｒａｂｉ』さんのオリジナル商品を並べるのもぜんぜんアリだと思うんですよね。実物をさわれないという理由でネット通販を躊躇《ちゅうちょ》されてた方や、ご新規のお客様にもじっくり見ていただけるはずです」

あからさまなプレゼンにならない程度に、「こんなことも可能なので、そのときは任せてください」と控えめにアピールする。

一軒目を出て、誠輔がよく行くというバーへ移動した。

カウンターにいるバーテンダーが、客の好みを訊いてカクテルを作るスタイルらしい。

誠輔と並んでスツールに腰掛け、継海は「アルコール薄めで」とオーダーした。

二軒目なので、ここではプライベートの話題を中心にして、さらに距離を縮める作戦だ。

「俺は横浜生まれ横浜育ちの三十五歳。豊平さんは？」

「二十八です。来年の二月に二十九になります」

――二十九になったら社員寮を出て、独り暮らしの予定だったんだけど。

まったく予想外に、男とニセ同棲しているのだから驚きだ。

「年が明けたら豊平さんにとって二十代最後の誕生日がくるのか。俺もお祝いしたいな」

「ええっ、ほんとですかぁ？　いいのかなぁ〜」

冗談だと受け取って、笑顔でそんな返しをする。

「でも、お祝いしてくれる恋人がいるんじゃないの？」

「あ……そうだといいんですけど……」

清史郎の顔が脳裏によぎり、最後はごまかしたら、誠輔がにやりとした笑みを浮かべて継海のほうへ身を寄せた。何事かと、継海は目を瞬かせる。

「じつはさぁ……『ジャパン・プロダクツ』さんに、知り合いがいてね」

誠輔にそう切り出されて、継海は顔色を変えた。

「知り合い……というと？」

「マーケティング部の林っていうんだけど。知ってるよね？　同じ地元なんだよ。林のおにいさんと俺が同級生で、うちの弟と彼が同級生だから、小学生のときから知ってて」

若手社員の一泊研修へ向かうバスの車内で「顔がイイやつはオトクだな」などと清史郎をからかった男だ。そんな林に対し継海が「だったら仕事は顔でするもんじゃないって、おまえが証明すればいいじゃん？」と言い放ってから、仕事以外では一度も会話をしていない。

「え……え～……そうなんですか」

逆恨みされていそうだから、極力関わらないようにしていたのだ。その林と誠輔がつながっているとは、世間はなんと狭いことだろう。まったく、いやな予感しかない。

「あの日一緒にうちにいらっしゃったアシスタントの彼、雨宮さんだっけ。あの彼と豊平さん、会社公認で同棲してるんだってね」

ちょうど口に入れたクラッカーのフィンガーフードをぶっ放しそうになる。

――はぁやぁしぃ～！　あいつはバカか。商談相手にとんでもないバラシをしやがってクソ野郎！　社内でOKの話題でも、社外には流布しちゃいかんでしょうよ！

継海は「あ～」と顔を引きつらせつつも、どうにか笑った。

清史郎にケンカをふっかけたのは林のほうなのに。バスの中で恥をかかされた仕返しなら、幼稚で汚いやり口だ。憤りで頭から火を噴きそうだが、ここは平然とやり過ごすしかない。

「同棲……っていうか……まぁその……」

「同棲なんでしょう？」

「あー……はい、同棲です」

ごまかせそうになくて、最終的に継海は素直に認めてうなずいた。

「も～……なんかすみません。俺と雨宮のことは社内で知らない人がいないくらいのネタなんで、べつにかまわないんですけど……」

誠輔が同性間の恋愛に嫌悪感を抱かない人間ならいいが、その心根までは分からない。

「謝ることはないですよ。理解あるいい会社でよかったですね。同棲始めたの、わりと最近だって聞きましたよ」

ひとまず誠輔がさして気にもしていないようなので安心した。

「そうですね……十月下旬からなんで」

「『ふたりがコンビ組んでまだ一年経ってない』って林が言ってたから、つきあいはじめたのもそんなに前からってわけじゃない……ってことかな？」

おしゃべりな林を、うしろからどついてやりたい。いや、むしろドロップキックで。

つきあってどれくらいか、姉たちに訊かれたときもうやむやにしたので、そういえばいまだに設定漏れのままだ。

――やばい。あんまり同棲のことをつっこまれると嘘が露呈する……。

継海の取りこぼしをいつもしっかりレシーブしてくれる清史郎がここにはいないのだ。

適当に「そうですね～」と答えをはぐらかす。まさか同棲と同時に『お試しおつきあい』を始めましたなんて、言えるわけもない。

誠輔のプロフィールや人となりを知ろうと思って挑んだ二次会なのに、いつのまにか継海のほうの暴露話が中心になっている。一杯目のカクテルをぐいぐい飲んでしまい、気付かないうちに追加された二杯目が目の前に置かれた。ピッチが速いせいで、ちょっとくらっとする。

――いかん。酔っ払ってるばあいじゃない。

継海がぎゅっと目を閉じて、深呼吸したときだった。

「俺もそっちの人間なんですよ」

「そっち？」

「豊平さんたちと同じです。ここで豊平さんひとりに性的指向を暴露させるのは申し訳ないので」

継海は目をぱちりと大きくした。

――なんとなくそんな気がしてたし、たしかにやたら喋らされるなとは思ったけど……。べつにおあいこで明かす必要もないのでは？　俺に話しちゃう意味は何？

「そ、う……なんですね～……」

――清史郎とあんなことやこんなことをしておきながら言うのもなんだけど、俺自身はゲイの自覚ないんだよな……。

正直言って、誠輔にさわられたときも、やたらと接近されるときも、継海のワイシャツの下はぶわっと鳥肌が立っていたのだ。今もスツールの隙間があまりないからか、やたらと誠輔との距離が近くて、無意識に身体が逃げそうになる。

「そういうわけで……」

いっそう顔を近付けられ、継海は身を引きつらせて仰け反った。しかし丸椅子に腰掛けているのだから実際は逃げ場がない。継海は乾いた愛想笑いで「え？」と問いかけた。

「豊平さん、取引しませんか？」

「……取引」

「俺、豊平さんみたいな人、顔も、そのスレンダーな体型も、どストライクなんだよなぁ」

継海は一瞬で顔をしかめた。

――何コレ。めちゃめちゃ口説かれてる？

「え……ちょっと、おっしゃってる意味が」

「豊平さんがこのままつきあってくれたら、さっきのポップアップの話、即ＯＫしてもいいなって思ってます」

「このまま……つきあう……？」

「すぐ裏のホテル、とか」

「………」

くらっとくる。酒のせいか、この男が何を言ってるのか理解不能だ。

「あの～……俺、同棲相手がいて。だからつまり人妻みたいなもんで。あれっ、違うか。あっちが人妻なのかな」

だいぶ動揺しているので、この返しもオカシイが。なんとか笑いに逃げようと必死になった結果だ。

「でもべつに雨宮さんと結婚してるわけでもないし。ふたりの間に子どもがいるわけでもない。ふたりで護らなきゃいけないものなんて何もないでしょう？」

継海は首をかしげた。法的な拘束力も、子どももいないのだから、ふたりをつなぐものなんて何もないだろう、と言われた気がする。

——壊すものが最初からないんだから『俺と浮気しましょう』って誘ってんの？

清史郎も「継海さんは浮気ＯＫ、しかたない」と言っていたが、こうもニュアンスが違って聞こえるものだろうか。誠輔の言葉には煮え滾るような苛立《いらだ》ちしか感じない。

「ポップアップの話、いいなって俺も本気で思うんですよ。でも親父の意向は無視できないし、説得しなきゃいけない。とはいえ今の社長は俺だから、ＧＯしてしまえばなんとかなる気がするんだ」

ようするに、ポップアップストアの件を引き受けるか否かは俺の気持ち次第だ、と誠輔は継海に取引を持ちかけているのだ。

「企画の話も進展して、豊平さんさえ黙ってれば誰にもバレない。浮気のスリルは媚薬ですよ。背徳感は彼との関係の刺激にもなるし、楽しそうだと思いませんか」

何を言われているのかすべて理解できて、継海は軽蔑のまなざしを隠すことなく半眼になった。スリルは媚薬だとか背徳感は刺激だとか、心根が悪いやつの思考だ。

「……ゲスいな、あんた」

遠慮も気遣いもなく、礼儀を欠いた言い草に誠輔が破顔している。

「ゲスいって……はじめて言われた。豊平さん、おもしろい」

「ええ～っ、はじめて？　そうなんですか？　二代目、やばいですね。飲みすぎ？　俺に言われたくないでしょうけど。蕨屋さんが酔ってるというなら、さっきの言葉もろもろ俺も忘れます」

「あいにく酒にはめっぽう強くって」

にこにこしている誠輔に、継海は大きなため息をついた。

――さっきのセリフはぜんぶ酒のせい、ってことにしてくれたら水に流してもいいいっつってんのに、ばかなのかこの二代目ドラ息子。

彼の父親は話すら聞いてくれない頑固者だったかもしれないが、皮革製品の職人として、工房を護る社長としての矜持《きょうじ》があった。息子の彼には父親を超えるほどの才能があるのかもしれないけれど、引き継いだものの大きさが分かっていたら、こんな卑怯な取引を持ちかけたりしない。

このまま会話を続けていたらグーパンチしそうだ。

「ちょっとトイレ行ってきます」

頭を冷やしたほうがいい、俺が――そう思ってスツールから立ち上がったら、ぐらっと足もとが崩れた。

「わっ、豊平さん、だいじょうぶですか？」

「……？」

スツールにどうにか摑まったから倒れなかったが、足腰にうまく力が入らない。

継海は誠輔に腕を引っ張り上げられそうになり、それを気力で制止した。親切心からの手助けだとしても、さわられたくない。だから自力でスツールを使って、なんとか立ち上がった。

深呼吸して落ち着くと歩けそうな気がして、声をかけてくれたバーテンダーに「だいじょうぶです」と答える。

「トイレまで一緒に行きましょうか？」

誠輔が来たら、何をされるか分からない。継海は「いいえ、けっこうです」と誠輔の申し出を断り、ひとりでトイレに向かった。

とにかく座りたくて、個室のほうに入る。

それにしても変だ。こんなになるほどには飲酒していないと思う。バーに来てから薄めのロングカクテルを一杯と、二杯目はまだ半分も飲んでいないのだ。

「……なんか盛られた……？」

一杯目のカクテルをオーダーしたあと、継海だけトイレに入り、戻ったらその一杯目がすでにテーブルに運ばれていたから、盛られたならそのときだ。でもその証拠はない。バーテンに訊けば答えてくれるだろうか。いや、誠輔だって見られているときに入れるようなヘマはしないだろうし、バーテンは見ていたとしても揉めたくないからひとまず知らん顔する可能性が高い。

妙な薬物でなければいいけど、睡眠導入剤や向精神薬でもアルコールと一緒に摂るとまずい。さっき、誠輔は裏にホテルがあるようなことを言っていた。泥酔させて意識を混濁させ、連れ込むつもりなのかもしれない。

——吐いたほうがいいかな。でも自分で吐いたことないし。

急に心細くなってきた。何か盛られていたら、これからもっと強く作用し始めるのかもしれない。そうなったらどうしよう、とどんどん不安が強くなる。

——まじであのクソ野郎……林といいワラビ野郎といい、今日は俺の周りクズしかいねーな！

継海はスマホをポケットから取りだした。迷うことなく『清史郎』の名前を探す。

こんなふうになってから助けを求めるなんて虫が良すぎるが、頼れるのは清史郎だけだ。

継海が電話をかけると、三コールで出てくれた。

「き、きよしろっ……！」

そのとき急に吐き気がきて、何か話し出す間もなくスマホを放り、便器に嘔吐する。

「………あ～もう、最悪ぅ……」

でも吐けばマシになりそうな気がする。便器に顔を突っ込んでいるうちにまた気持ち悪くなってきて、もう何も出ないと思うまで何度か吐いた。

吐くとこんなに疲れるのか、というくらい身体中がダルくてぐったりする。

便座の上蓋を閉め、それに寄りかかるようにして顔を伏せた。助けて清史郎、と考えて、そこでようやく清史郎に電話をかけたことを思い出した。

床に放りっぱなしだったスマホを摑むと、電話はつながったままだ。

「……清史郎」

『継海さん、どこにいるんですか。だいじょうぶですか』

清史郎の声が緊張している。電話がつながったのに会話もままならない状態で放置していたから、きっと心配したはずだ。

「店のトイレ……吐いた。助けて。迎えにきて……清史郎」

吐いたせいなのか、なんなのか、少し涙が出る。清史郎の声を聞いて、ほっと安心した。

『どの辺？　店の名前は？』

「横浜……えっと……関内なのかな、この辺あんま分かんねーわ。えーっと、店の名前……なんだっけ……バーだ、バー」

『継海さん、だいじょうぶだから落ち着いて。ＬＩＮＥで位置情報を送れますから、やって』

ぐすっと鼻を啜りながら、ＬＩＮＥをタップする。清史郎に言われたとおり、なんとか操作して位置情報を送信できた。

横浜の関内という場所からして、清史郎には一緒にいる相手が蕨屋誠輔だと分かったはずだ。

「ごめん、きよしろ……」

『そっちに向かってるから。待ってて。どうしたんですか、飲みすぎた？』

「分かんねぇ……蕨屋誠輔と二軒目のバーに来て……でもそんな飲んだつもりない……でもめっちゃ気持ち悪くなって、足腰へろへろで」

『……なんか盛られたとかじゃないですよね』

「あっちがゲスい取引持ちかけてきて……盛られたかは分かんない……。まじでごめん」

会話が途切れ、継海もしょぼんとした気分になった。盛られてなくても泥酔すれば、デートドラッグレイプの危険がある。いい年した男がこんな窮地に陥るなんて、ひじょうにかっこ悪い。

——清史郎にあきれられたくない。きらわれたくない。

「でも浮気してねーよ？」

『今そんなこと言ってる場合じゃないでしょうが。店のトイレでしょ？　そこにいてだいじょうぶなんですか？』

「……そろそろ誰か様子見にくるかも」

『ここから店まで四十分かかる。俺が今から店に電話して店員に継海さんのことをお願いします。店には継海さんの浮気相手もいるんですか？』

「浮気してねーってばぁっ」

『場合によっては顔見たら殴りそうなんで。そいつには帰ってもらうように電話で言います。だいじょうぶ、相手と揉めないようにしますから』

一旦切りますよ、と清史郎に告げられて、ひとまず通話を終えた。

でも清史郎の声が聞けて、ここに来てくれると分かって、心底安心した。安心もするけど、猛烈に申し訳なさも感じる。きっと清史郎は大学時代の友人と楽しく飲んでいたはずだ。

清史郎にはなんの落ち度もない。

——困ったら半べそで頼って、最低だな。

揉めたくない、と向き合うことを面倒くさがって、清史郎に話さなかった罰だ。ただ清史郎と楽しくてしあわせなら、それでいいやなんて。

「だって……清史郎と……」

いつも笑っていたい。ただふたりでおいしいごはんを食べて、ごろごろだらだらして、寝心地最高なベッドで一緒に眠りたい。清史郎のふわふわしたやさしさに包まれていたい。

——清史郎を、俺は便利だから利用してるだけなんじゃないのか？

清史郎がごはんを作ってくれて、継海も手伝いはしても、最初にもらった条件に甘える生活だ。そりゃあ一緒にいればラクなのは当たり前で、そんなしあわせは彼のご奉仕の結果であって、恋愛の上に生まれたものとはいえない。

同棲だと騙されている人たちがふたりの真実を知れば、きっと継海にとって都合がいいようにしているだけに映る。そうじゃない、とはっきり言える自分もいるけれど、ラクだと思っているのは事実なので、それはやっぱり都合のいい言い訳かもしれない。

冷たい便座の蓋に縋りついていたら、猛省と、情けなさと、暗い感情ばかりが湧いてくる。

「……きよしろ……きよしろー……」

おまじないみたいに、名前を呼んだ。呼ぶと、心が凪いでいくのが分かる。

きっとそのうち清史郎が少し不機嫌そうな声で「なんですか」と答えてくれる。そして「この浮気者」「余計な手間をかけさせないでください」と怒られて、謝りたい。

ここから早く出て、清史郎のところに帰りたくてたまらない。

――清史郎がいい。何もかもぜんぶ。清史郎とだから、俺は楽しくてしあわせだって感じられる。清史郎以外の人の傍でなんて安心できない。清史郎がいないならひとりがマシだ。

「知らないことを覚悟なんてできないのは当然です」と清史郎は言ってくれたけれど、ちゃんと考えたほうがいいこと、いずれ考えなければならないのは分かっていた。でもなんだかそれはとても恐ろしいことのような気がしていたのだ。

今、清史郎を想って、彼と向き合う覚悟を、難しく頭で考えなくても心で分かった気がする。

――清史郎……早く来て、ここから連れ出して。清史郎以外はいやだ。ぜったいに。

そのあと店の人が様子を見に来てくれたが、吐き気がするのでもうしばらくここにいたいとお願いし、とどまった。

スツールには座れそうにないし、店内のソファーは他の客の迷惑になる。男性用の個室を使いたい客が来ないことを願いつつ、貰ったペットボトルの水を飲んで便座に寄りかかった。

身体がふわふわして、頭がぐるぐるして、とめどなく清史郎のことばかり考える。朝、やさしく起こしてくれる甘いまなざしとか、継海の髪を乾かしてくれるときに鏡に映った清史郎の楽しげな表情とか、キスをする直前のとろんととろけた目尻とか。

思い出して、継海は「ふふっ」と笑った。あいつかわいいな、と思う。料理を覚えようと一生懸命だったり、スマホの料理アプリを月額使用料まで払って使い倒しているところも。

ずっと忘れていたことまで、思い出した。

コンビを組んではじめてのあいさつのとき、清史郎が継海を感慨深げにじっと見て、それからうれしそうにうっすらほほえんでいたのは正社員になれたからだろうと思っていたけれど。

――俺と一緒に仕事できるのが、うれしかった？

今なら、継海の体調の変化にまで誰より早く気付いていた意味も、痒いところに手が届くような仕事上のフォローも、ぜんぶ、彼の愛情の上にあったのだと分かる。

どれくらいかぐったりしたまま時間が過ぎ、突然、ドンッという激しい音に驚いて、いつの間にか眠ってしまっていた継海は身体を強張らせた。

「継海さん！」

清史郎が個室のドアの上からこちらへ身を乗り出して覗き込んでいる。継海はその様子をぼーっと仰ぎ見た。

「……おまえ、そんなにでかかったっけ……？」

清史郎はドアをよじ登って、跨ぎ、継海がいる個室の中に入ってきた。さっきのは、よじ登るときに身体のどこかが個室のドアか壁に当たって大きな音が出たのだろう。「何かあったときのために鍵はかけずにいてください」と店員に言われたのに、無意識に施錠してしまったようだ。

清史郎を近くに感じて心臓がどくどくと脈を打ち、耳までかあっと熱くなる。

「……トイレの個室にかっこいい騎士が現れた」

「思ったより元気そうで何よりですが……立てますか。ここ店のトイレなんで」

清史郎に腕を摑んで抱き起こされ、それでいろいろ思い出した。

「あのワラビ野郎は……？」

「ワラビ野郎？　あぁ……電話で『継海さんのことは店と俺に任せて、今のうちにどうぞお引き取りください』って言ったので、もういないんじゃないですかね」

清史郎の辛辣《しんらつ》な言い草に、継海は肩を揺らして笑った。「要望は聞かない。文句も言うな。これ以上は対応しないから帰れ」も同然の、強烈なビジネス的『とっとと帰りやがれコール』だ。

継海は抱き起こされて、そのまま清史郎の腕の中に収まった。清史郎の肩口に頭をのせて、ほっと息をつく。

「病院行きますか？」

「いや……だいじょうぶ。ピークは過ぎてる……もう吐き気もしないし。うっかり寝てた」

「いちおうバーテンに訊いてみたけど『何も見てません』って言うので。まぁ、ほんとに盛られたとしても、さすがにそこまでヤバいものは使わないでしょうし、短時間しか効かないものだと証拠も出にくいですからね」

清史郎が「ここから出ましょう」と内鍵を開けようとするのを、継海がとめた。

「少しだけ待って……心臓どきどきして、くらくらする」

「……ほんとにだいじょうぶですか？」

清史郎の背中に、継海は両腕をぐるりと巻きつけた。酒のせいかもしれないけれど、それだけじゃないのは自分で分かっている。

そういえば、酔っ払ったときっていつもこんなかんじだったのかな、と継海は以前、清史郎から指摘された『カラミ酒』のことを思い出した。こうしてみると清史郎が言うとおり、その頃から本当にその気があったのかもしれないとすら思う。

「……ごめん、清史郎」

「継海さんがちゃんと無事でいてくれたことにほっとしてますけど……なんでこんなことになってるのか、その『ゲスい取引』とやらについても、あとでちゃんとぜんぶ話してもらいます」

大きな手でくしゃりと髪をなでられて、その強さが、女の子やか弱いものを扱うようなそれじゃないこととか、ほっとしたようで呆れたような容赦ないため息とか、清史郎からの男扱いを妙にリアルに感じる。

そっと大切に扱われても、様子を窺うようにご機嫌を取られても、そんなものに靡かない。

「……俺、ほんとに怒ってるんだからね」

清史郎に低い声でいつもと違う口調で言われて、継海は肩口できつく目を閉じた。

少なくとも、継海は今、猛烈にどきどきさせられているし、きゅんときている。

胸の痺れに自分でも気付いたら、感情がわっと沸騰した。

「清史郎……俺……ニセ同棲やめたい」

「……え？」

「おまえとのニセ同棲も、お試しのおつきあいもやめたい」

「……やめる……？」

清史郎が険しく瞠目して、しんとした瞬間、トイレのドアをノックする音が響いた。

個室を使いたい他の客が来てしまったのだと慌てて鍵を開け、狭い個室から出ると、そこに立っていたのは、もう帰ったと思っていた蕨屋だった。

「わ……え？　なんで？」

――こいつまだ店の中にいたの⁉　ていうかおまえ、清史郎が忠告したんだから、とっとと帰ってろよ！

蕨屋は驚いている様子ではないので、ここにふたりがいるのを知っていて来たのかもしれないが、だとしたら何が目的なんだろうか。

誠輔は、継海と清史郎を順に見て、「ふふっ」と肩を揺らして笑った。

「いや……ちょっかい出しちゃった手前、豊平さんの様子が心配で戻ってきて今の話が聞こえちやったんだけど、『ニセ同棲も、お試しのおつきあいもやめたい』？」

この男はまずいことをした自覚があって、なんとか話を丸く収めようと算段したのかもしれない。タイミング悪く、よりによっていちばん誰かに聞かれてはいけないワードを、いちばんやばそうな男に聞かれてしまったみたいだ。

継海と清史郎が黙っていると、誠輔は「へ～……」と楽しげにこちらを見てくる。

「ニセ同棲で、お試しのおつきあい……。え、それ、会社の人は知らないことなんじゃ……？」

清史郎の身体が前に出そうになり、継海は咄嗟に腕でそれをとめた。

手出しができない立場だということが分かると、誠輔が意味ありげに笑って「ふぅん、それまずいんじゃないですか？」と芝居掛かった問いかけをする。

「なぁんだ。つまり、ふたりは本当の恋人同士ではない……ってことか。じゃあべつに豊平さんがその人に操を立てるような義理もないじゃないですか」

さっき継海が「同棲相手がいる」と、それを盾にしたからだ。

「義理なんかでつながってるわけじゃない」

継海が低い声で返すと、誠輔は困惑の笑みを浮かべた。

「えっ、じゃあ何。ニセだのフリだのしなきゃならない契約的な何か？　それじゃあ取引しようとした俺となんも変わんないのに……えらそうに『お引き取りください』なんて電話で言われましたよ、そのアシスタントさんに」

清史郎は俯瞰で誠輔を見下ろし、沈黙している。

それに対して誠輔は「あぁ、そっか。分かった」と膝を打った。

「さっきのは、ニセ同棲もお試しのおつきあいもやめて、俺からの誘いと取引を前向きに考え直したってこと？」

継海は目を瞬かせた。ある意味、ここまで自己中だと清々しくすらある。

――酔ってんのかラリってんのか知らんけど。冗談ならセンス悪いし、本気ならほんとに本物のクソ野郎だ。

おかしくなってきて、継海は「ぷはっ」と笑った。

「蕨屋さん、ぶっ飛んでますね」

懸命に追っていた、ひと目惚れのバッグが霞む。

「『ｗａｒａｂｉ』の皮革製品は、たしかに交渉のための時間をいくらかけても惜しくないと思えるほど、価値のある素晴らしいものだったのに……」

作っている人の人間性と作品は本来なんの関係もない。才能が本物であればいいと、継海自身は思っていた。でも実際は、人が作ったものを、人が売る。尊敬する気持ちがなくなると、売りたいという情熱は殺《そ》がれる。

継海はそれが悲しくなった。あと一年は食らいついて、何度でも店に足を運び、ジャパニーズブランドを大切にしたいと真摯に訴え、時間をかけて関係を築く覚悟を持っていたのに。

「俺たちふたりのことをどんなふうに解釈されたのか知りませんが、そんな取引でしか成立しないなら、企画の話はどうぞなかったことにしてください」

継海はすっと引いた冷静な相貌で頭を下げた。

非常識な取引を持ちかけたのは蕨屋のほうだ。この期に及んでの脅しは無視すればいい。

こちらから提案した企画をナシにすることに対してはきっちりと謝罪し、清史郎に「帰ろう」と声をかけたときだった。

視界がぐるっと大きく回転する。急に気持ち悪さが戻ってきて、立っていられない。

「継海さん……！」

清史郎に抱きとめられたことだけは分かったので、継海はそのまま彼の腕に自分の身を預けて気を放した。

□　7　□

継海が次にふと目を覚ましたときは、知らないベッドの上だった。

薄暗い部屋の天井に鏡がついている。左の壁にも鏡。

「……なんだこの、ラブホみたいな部屋……」

「ラブホなんで」

隣に清史郎がいる。横臥で腕枕をしている清史郎が、継海の頬を指でなでた。

バーのトイレで、誠輔に頭を下げたところで記憶が途切れている。

「……何時だ……？」

清史郎がスマホを手にして「朝六時です」と答え、ため息をついた。

「どうです？　身体、だいじょうぶですか？」

心配したんだろうな、と分かる声と表情だ。継海は仰向けから清史郎のほうに身体ごと向いた。

「だいじょぶ……っぽい。二日酔いも……なさそう」

「最初は気を失ったかと。そしたら継海さんが『眠い』って言ったきりすやすや……。ここはあのバーの裏にあるラブホです」

誠輔に連れ込まれそうになったラブホだと知らされて、継海は笑いそうになる。

「あぁ……そうなんだ」

「ここまで連れてくるのも必死で……声をかけると一瞬起きるんですけど、すぐぐにゃぐにゃになるし。これじゃあ横浜から目黒のマンションへは帰れないなって」

「き……記憶にございません……けど、ほんとごめん……迷惑かけた」

清史郎の苦労を想像すればしょぼんとした気持ちになり、継海は心から謝った。

「酔っ払いの面倒を見るのは迷惑だと思ってません。でもなんであんなことになったのか、俺はあの場ではちゃんと聞けてないので」

しっかり目が合って分かった。清史郎が想定以上に怒っている。

だから継海はベッドからもそもそと身を起こして、その場に座った。清史郎も継海と同じように向き合う。

「飲みに誘われて、蕨屋誠輔が興味持っていそうなポップアップストアのことを話して……」

「……で？」

「すぐ裏のホテルにつきあってくれたら即ＯＫしてもいい、って言われた」

清史郎の顔が无《む》になっている。

「俺に黙って行って、……非常識なほど熱烈に口説かれながら、それでも酒を飲んだんだ?」

「飲みたくて飲んだわけじゃねーよっ」

子どもみたいな反論をしてしまったが、あの男の口説きを継海が受け入れたような言い方だったから黙っていられない。でも清史郎が家を空けることに乗じて、黙って行ったのは事実だ。

「俺が大学時代の友だちから飲み会に誘われてると話したとき、継海さん、例の『耳を弄る癖』が出てたからおかしいなと思ったんですけど、あのときにはもう誘われてたんですか? あっちから急に呼び出されたとかじゃなく」

「……うん」

秘密は嘘と同じ。そこに関しては言い逃れできない。

だからさらに清史郎の機嫌を損ねることになった。

「……あの男ともお試しでつきあったらよかったんじゃないですか?」

「……はぁ?」

「彼ともお試しでつきあってみて、やっぱり無理だったから別れるってあとから反故にすればよかったんじゃないですか? 俺に『ニセ同棲も、お試しのおつきあいもやめたい』って継海さんが言ったみたいに」

継海は腑に落ちなくて沈黙した。俺そんなこと言ったっけ、と首を傾げる。

しかし清史郎のほうはとまらない。

「仕事や会社での体裁を考えてニセ同棲を始めただけで、継海さんは俺との関係を続けるつもりはなかったんでしょうし。俺は最初から本気でしたけど」

「そっ……ニセ同棲でいい、それが面倒になったら、あとで『別れました』って会社に言えばいい、っつったのは俺じゃない、おまえじゃん！」

「そんなの、真に受けるほうがどうかしてる」

「ええええっ？」

思わず売り言葉に買い言葉で言い返してしまったが、清史郎の切なげな表情を見たら声が詰まった。

「俺は……お試しでもなきゃ、継海さんとこんなふうになれなかった。なんとかしたくて必死だったんです。継海さんに他に好きな人ができたら引き下がるなんて、あんなの詭弁だ」

清史郎が奥歯を強く噛むのが分かる。膝の上のこぶしには力が籠もっている。

「好きなんだから、いやに決まってるじゃないですか。でも、それでもいいから、って言うしかない。そんなふうに縋りつく俺は滑稽な男に見えたでしょうね。でも、そう取り繕うしかなかった。たしかにあれは本心じゃなかったけど、俺は、あなたを裏切るような嘘はついてない」

睨められながらちくちくと刺されて、継海は心の中で「ああああああ！」と叫んだ。

浮気しようだなんて微塵も思っていないが、たしかにいけないことをした。

「浮気されてもしかたないし、俺さえそれを許せば継海さんとの関係を続けられる。でも継海さんの結論が『ニセ同棲も、お試しのおつきあいもやめたい』ってことなら、俺は引き下がるしかないじゃないですか……」

「ちょっと待て。おまえは何を言ってるんだ？」

会話が嚙み合わなすぎる。

——どうして、俺が別れ話を切り出した、みたいになってんだ？

「継海さんが言ったんじゃないですか。『ニセ同棲も、お試しのおつきあいもやめたい』って」

さっきは「言ったたっけ？」と思ったが、よくよく考えてみれば……昨晩たしかに言った。場所や雰囲気などいっさい考慮せず、籠城していたバーのトイレで。でも言葉がたりていないだけで、そういう意味じゃない。

継海は大きく息を吸った。

「あのなぁ……やめたいのは『ニセ同棲とお試しのおつきあい』で、だから……俺は……おまえとのことを、ぜんぶやめたいって意味で言ったんじゃなくて……」

継海が言葉に詰まると、清史郎は瞠目したまま前のめりになっている。

清史郎との生活の中で『彼からの愛情表現を受け入れること』『生活を一緒に楽しんでいること』を継海は態度や反応、ときには言葉で示してきたつもりだった。だからもう継海の気持ちなんて本当は分かっているのかもしれないが。

——……そうだよな。清史郎はいつも押せ押せぐいぐいで、自信ありげだけど。俺からの確かな愛情表現を貰ってないのに、清史郎だって愛されてる自信なんて持ってるわけない。

そこに気付いたら、欲しいならいくらでも言ってやる、と覚悟を決められた。

継海は深呼吸をして清史郎の顔をまっすぐに見つめる。清史郎はただ静かに待ってくれていて、こいつのこういうやさしさが好きだな、とあらためて思う。

「清史郎を待ってる間、俺は清史郎が便利だから利用してるだけなのかなって……自分の心に訊いたんだ。俺が毎日しあわせだなとか楽しいなって感じられるのは、清史郎がご奉仕してくれるからで、そんなの恋愛で生まれたしあわせじゃないんじゃないかって……」

居心地がいいのは、清史郎のおかげだったことは間違いないが。

「でも、ほんとに、毎日しあわせなんだよ。清史郎がしあわせにしてくれるからだよ。あの部屋で、おまえとごはん食べて、だらだらすごして、一日の終わりに一緒に寝るの。あれ、今さらなくせって言われたら、けっこう無理だな……人生ではじめて病むかもって思う」

「俺といて継海さんがラクだって思うのも、居心地いいなって思うのも、それってだめなことなんですかね。継海さんが受け入れてくれてるからじゃないかな……俺の押しつけがましい愛情もぜんぶ」

「押しつけがましいとか、思ったことねーよ」

「だから、普通いやだったら、しあわせだなんて思わないですよ。継海さんが受け入れてくれなきゃ、成立しません」

清史郎に助けられて、心がふわりと浮上する。

「それに……俺、おまえに愛されてるって分かるのがうれしかった。好きっていっぱい言ってもらって、見つめられて、さわられて、『少しでいいから、ください』って求められるのだって、俺はうれしかったんだ。あの……セックスみたいなことしたとき、一線を越えた気がして、俺こいつのこと好きなんじゃないかなって思った。気持ちよすぎて頭がバカになっててうやむやだったけど……」

自分の気持ちが恋なのか、ただラクをしたくて甘えたいだけなのか、ちゃんと向き合うきっかけがなかった。でも誠輔とのごたごたがあって、自分の心が波立ったり求めたりする意味に気付かされた。

誠輔が最低なやつだったから、あの男とのことがあり得なかったわけじゃない。たとえば彼が才能溢れる聖人君子であっても、継海の心の深いところにすでに、清史郎がいたのだ。

「あいつに、俺たちふたりの関係は『壊すものが最初からないだろ』って言われて、なんかめっちゃ腹立ったんだ。『おまえに俺と清史郎の何が分かるんだ』って思った。だって俺と清史郎でつくったものはちゃんとあって、信頼とか絆とか……まぁ、俺はそれがあるからだいじょうぶだろって高をくくって、清史郎に話すのを面倒くさがって、ひとりで横浜に来たんだけど……」

するると清史郎は少し苦しそうな顔で笑って「でも……」と続ける。

「俺のズルさだって、蕨屋誠輔と大差ない。継海さんのピンチにつけいって同棲した。じわじわと追い込んで、逃げ道を塞いでる」

「そうじゃないって。それは最初に言ったじゃん。相手がおまえじゃなかったら、なんとかして同棲することから逃げてるって。同棲直後に破局しました、だってアリだったんだから。おまえと生活を始めて一度だって、やめたいって思ったことない」

継海は清史郎の膝の上のこぶしに手を伸ばした。

「清史郎がいるから、毎日楽しくてしあわせだ。このしあわせを、俺はなくしたくない。大切にしてくれる人を、清史郎を大事にしたい。こういう気持ちが、好きってことなんじゃないかなって、思う」

継海がはっきりと言葉にすると、清史郎の目がぐっと大きくなった。嚥下する喉仏も、力を込めているこぶしも、噛みしめた奥歯も、彼が歓びをふつふつと湧き上がらせているのが伝わる。

「お試しとかじゃなくて、ちゃんと俺とつきあって。誰かのためとか、体裁保つためとか、保身のためとか、おまえにいい条件出されて楽ちんそうだからとかじゃなくて……好きだから、一緒にいたいから、清史郎と同棲したい」

そう言って継海が清史郎に向かってほほえもうとしたら、いきなり飛びつくように抱きつかれてそのままベッドに倒れ込んだ。

抱擁されて、清史郎の重みを全身で受けとめる。どうしてこんなに気持ちいいのか分からないけれど、これも好きだからってことかな、と思ったら妙に納得した。

「……継海さん」

「うん？」

やさしくて甘いまなざしの清史郎と、鼻と鼻がくっつくほどすぐ傍で見つめあう。

「好きです」

「……うん。俺も、好きだよ」

うれしさが顔中から溢れる清史郎に、ちゅうっと派手なキスをされて、継海は笑った。

「でもさ、俺たち、まだちゃんとデートしたことないな」

「同棲カップルらしく、目黒と白金台のスーパーに食材の買い出しに行ったくらいですね」

「そんなんじゃなくて、もっと……ちゃんとした格好で、ちょっといいレストランに行くとか。休日に映画を観にいくとか。お互いの服を選ぶとか。あと、例のリストに書いてたけど、海外旅行だって行きたい」

「いいですね。でも引きこもりが無理してません？」

「いや、べつにネトゲしながらだらだらするのがもともと好きだけど、おまえとそういうことすんのも楽しそうだなって思うよ。でも実際に行動に移すのが俺は多少アレだから、清史郎がその辺はさ、リードしてさ」

けっきょく甘えたがりな継海に、清史郎は「分かりました」と笑っている。

「順番がだいぶおかしいけどな。同棲してからデートすんの」

「同棲が俺たちのスタートだったってことで、いいと思います」

清史郎の言葉に継海はにんまりして「うん」とうなずいた。

「もう同棲してるんだし、ちゃんとうちの親にも話さなきゃな。清史郎のご両親にも、まだ話してないしな」

「それは、もう少しゆっくりでいいですよ」

「うん。そういう時期が来たら、ちゃんとあいさつさせてもらうつもりでいるから」

清史郎は「継海さんが男らしい」と継海の首元で笑っている。

鏡に自分たちの姿が映っている。

「……俺たち同棲してるのに、セックスもまだですよ」

「あー……えと……うん。でもけっこう、そこそこなことやってる気はする」

なんだか異様にてれる。清史郎は「そこそこなこと……」と笑っているが、まったく清らかな関係でないことは確かだ。

ふたりでくすくすと笑いながら互いを見つめるうち、同時にくちびるを寄せあった。

はじめてのキスみたいに、そっと重なって離れる。関係をリセットするつもりはさらさらないけれど、はじめからやり直すような、そのための神聖な儀式でもするような気持ちになった。

何度かくちびるを合わせていると、もっと深くしてほしくなってくる。

だから継海のほうから口を開いて誘った。そうして入ってきた清史郎に、継海が舌をこすりつけて絡める。すると突然征服欲が湧いて、継海は清史郎に乗っかってくちづけた。

互いの息遣いが耳に届くまでになった頃、今度は清史郎が継海の上に重なった。両腕を清史郎の背中に巻きつけ、強く引き寄せるつもりで抱きしめる。

「めちゃめちゃ好きだ……きよしろ……」

「俺も、好きです。これからもずっと」

清史郎の身体の重みを感じながらするキスが気持ちいい。体重ぜんぶが継海にかかってしまわないように気遣ってくれたり、髪を梳いて、顔をなで、愛しんでくれるのもうれしい。

「清史郎……俺に挿れたい？」

ストレートな問いかけに、清史郎ははにかんで、こくりとうなずいた。

「挿れたい……でも、きのうあんなことがあったあとだし」

その意志ははっきりしていても、やさしい男だから、きっと無理強いなんてしない。

でも遠慮だとか、気遣いだとか、そういうやさしさならいらない。もっと清史郎の剝きだしの心や想いを深く身体に刻まれたい、と継海は想った。

「俺は……清史郎と今、つながりたいな。おまえ、言ったじゃん。『少しでも深いところにふれたい。つながりたい。少しでいいから、ください』って。清史郎は他の誰とも違う、今でも充分、俺にとって特別な男だけどさ。もっと、俺の深いところにふれてほしい。俺はやっぱり、清史郎とつながりたいよ」

他の誰ともできない特別な方法で。

継海は身を起こし、自分のシャツのボタンを上から順に外して、「そういえば、上は脱いだことないよな」と笑った。今さらなことばかりで、どれもてれくさくて困る。

「見てないで、おまえも脱げよ」

するとはっとした顔で清史郎も飛び起きて、継海の手をとめた。何かと思えば、「俺が脱がせたいです」なんて言う。

男に服を脱がされる――継海にとってははじめての経験だ。一瞬躊躇したものの、「だったらどうぞ」というつもりで軽くハンズアップのポーズになる。

「……もしかしてこれ『TODOリスト』の『服を脱がせる』ってやつ？　でも風呂入るときとか、いくらでもチャンスはあっただろ」

「このシチュエーションのためにに、特別に取っておきました」

継海は「ぷっ」と噴き出した。聞けば「なるほどね」と思うけど、こだわりが強すぎる。

「あー、あとあれだ。今からまさに『裏リスト』に書いてあることといっぱいされちゃうんだ？」

清史郎はちらっと継海と目を合わせて、口元に笑みを浮かべた。

「……でも今日一日では網羅できないので」

「どんだけペンディング溜めてんだ、こえーわ。……怖いけど、ちょっとわくわくもする」

継海が笑うと、清史郎はうれしそうにはにかんだ。清史郎が自分に何をしたいと思っていたのか、その答えを知るたびに、はからずも愛を感じてしまいそうだ。

清史郎は最初控えめに、継海の鳩尾の辺りに指を置いた。ただそれだけなのに、ぞわっと背筋が震える。そこから、あらわになった胸にひっそりとある、やっとつまめるほどの大きさしかない乳首を指先でくりくりと転がした。

「……っ……」

継海の反応を窺いながら、小さな突起を捏ねられる。薄く開いたくちびるから熱い呼気を漏らすのを、清史郎にしっかり見られた。

「乳首、気持ちよさそう」

ぷくっと芯を持った乳首に、今度は清史郎がくちびるを寄せる。

濡れた口内で転がされ、そっと吸われると、背筋にぴりっと甘い痺れが走った。

ベッドに押し倒されて、清史郎を見上げる。手のひらで首筋をそっとなでられ、頬を指でくすぐられて、清史郎にさわられると気持ちいいことをあらためて自覚させられた。

「俺……おまえにさわられんの、好きだよ」

すると清史郎がうれしそうにしたので、継海もほほえみ返す。

「だからもっと、いっぱい、さわって」

深く覆い被さるようにしてくちづけられ、身体のあちこちにふれられる。清史郎に甘い毒を塗布されているのかと思うほど、ふれられた肌がざわついて、継海の身体はびくびくと跳ねた。

清史郎の愛撫は気持ちいいけれど、今日はいつも以上だ。自分で戸惑うくらいぞくぞくして、腕の内側に指がふれただけで大げさなほど震えた。

張り詰めたペニスを清史郎が口で愛撫してくれる。もうすでに濡れている先端を舐めて、含み、吸われたら、勝手に腰が浮いて揺らしてしまった。

「あっ……きよしろ……はぁっ……」

「腰振って、かわいい……」

「おまえのそれ、気持ちよすぎ……るんだって……」

後孔に指を突っ込まれ、覚えたばかりのあの箇所を内側からもこすり立てられる。じわっと広がる熱さと甘い疼きで、ずっと味わっていたいくらいクセになる快感だ。

ペニスと両方を気持ちよくされて息を弾ませていると、徐々に指のピストンと口淫が激しくなって、継海は下腹を激しく痙攣《けいれん》させた。

「あ、あぁっ、清史郎……っ……」

いつものようにこのまま絶頂に導いてくれるものと思って、清史郎の愛撫に夢中になっていたら、その手前でストップされてしまった。

「きよしろっ……」

イきたい、という目で訴えても清史郎は首を横に振る。

「今日は継海さんとセックスしたいから。今までみたいなご奉仕とは違います」

そう言われて、はじめてあらわになった清史郎のペニスを、継海は意識して見た。清史郎の下肢は、継海への欲情をはっきりと主張している。きっと今までもこうだったに違いないのに、清史郎が欲望を押しつけてくることは一度もなかった。

「なんかさ、おまえぐいぐい来るわりには最後の最後で紳士的なんだよな。『お試しに』ってセックス迫るくらいはしそうだったのに、これを『特別なもの』って考えてたんだ？」

「継海さんの人生や選択を、俺はぜんぶ受けとめて一緒に歩む覚悟がありましたから、最後の答えはちゃんと継海さんに決めてほしかったんです。我慢できずに指挿れちゃいましたけど……」

漠然とこわくて、継海も積極的に知ろうとしなかった。こんなふうになりながらも、継海の気持ちをずっと待ってくれていたのだとあらためて意識すると、感動にも似た感情が沸き立ち、胸がかっと熱くなる。

「……清史郎……俺もおまえの舐めていい？　舐めたい」

「えっ？」

男の性器なんて死んでもぜったい舐めたくない、と思っていた。

でも清史郎のそれを見たら、同じように気持ちよくしてやりたくなった。無理かもとかできないかもという不安は頭をよぎることなく、継海は顔を寄せる。

「つ、継海さんっ、無理しないで」

清史郎の顔も声も本気で焦っている。きっとこれは例の『裏リスト』にもなくて「こいつの中で想定外のことなんだろうな」と思うと、めちゃめちゃ楽しい。

「継海さん」

「黙ってろよ。したいんだから邪魔すんな」

いつも清史郎がしてくれるように、口と舌、頰の内側や上顎も使って、清史郎のペニスを懸命にしゃぶった。清史郎が息を荒くしている。ペニスが喉の奥に当たると、そこが熱くなって苦しい。でも口の中の粘膜をエラの張った雁首で引っかかれると気持ちいい。

清史郎のペニスを口淫することに夢中になっていたら、清史郎が「継海さんっ」とそれをとめた。継海が顔を上げると、清史郎は興奮して濡れた眸をしている。

「す、すごいうれしくて気持ちいいけど……はじめてだから、継海さんの奥に出したい」

「……あぁ……うん」

再び指で後孔を掻き回され、ずいぶん柔らかくなったところで、清史郎が自身のペニスを摑み、継海に宛てがった。清史郎のものは熱くて硬くて、これで後孔のあの気持ちいいところを捏ねられるのを想像しただけで、期待したそこがきゅうんとなる。

継海はそのまさに挿入されるところへ手をのばして、清史郎のものと、自分のふちの辺りに指先でふれた。

清史郎が先端を浅く沈ませるたびに、そこから、ちゅっ、くちゅ、と音がする。

「継海さん、……分かる？　入ってるの」

「……入ってるの、分かるよ……。清史郎と、してる……」

セックスしてるんだ、と思うと、ひどく興奮する。

継海は目を瞑り、指先で清史郎のペニスの動きや、自分の身体がそれにどんな反応をするのか確かめた。継海のふちは喘ぐようにひくひくとして、清史郎の尖端をしゃぶるみたいだ。こうされることを自分がうれしがって、悦んでいるのだとそんなところからも感じる。

「……今はまだ少しだけ、カリの辺りまで入ってます……ほら」

「うん……あ……ふちんとこ、すご……い、気持ちいい」

まだ先端のわずかな部分を出し挿れしているだけだが、清史郎が「あぁ」と小さく呻いた。

「いい……継海さんの中……はぁっ……」

清史郎が気持ちいいことは、継海も気持ちいい。雁首でふちを捲られるたびに、背筋に甘い痺れが走って、継海は下腹部を波打たせた。もっと強くこすりあわせたい衝動で、勝手に腰が動く。

「あ……あぁっ……、清史郎……もっとそこ……こすって」

「継海さん……」

「もっと、いっぱい、挿れて」

「そんな煽んないで」

「だっておまえのっ……おまえのと、中のこすれてるとこ、気持ちいいっ……っ……」

「――……っ、もうっ……」

清史郎がゆっくりと腰を落としてきた。ぐうっと押し込まれる感覚だ。

中程まで来てとまり、少し引いて、また進む。結合が徐々に深まり、腰を進めるスピードも上がっていく。

「あっ……あっ……きよ、しろっ……あぅっ……」

ピストンで深くまで粘膜をこすり上げられて得る快感が濃厚になってきた。

「そこっ……すごいぃ……」

「継海さんのいいところ……いっぱいこすってあげる」

指で愛撫されているときも、中のぷっくりと膨らんだ胡桃をこすられて何度も絶頂しそうだったけど、そのときの快感よりずっと強いのだ。

――ほんとに、ほんとに気持ちいい……！

身体をしっかりとホールドされて、継海も清史郎にしがみついたまま激しく揺さぶられた。

首筋を口で食《は》んだり吸われたりして愛撫されると、後孔が収斂する。その隘路をきつく抽挿された。

「はぁっ、ああっ……清史郎っ……それ好き……」

「継海さんの中、うねってっ……」

内壁がびくびく痙攣しているのが自分で分かる。波打つ襞を捲りあげながら抽挿を続ける清史郎のペニスが硬く膨らんで、内襞といっそう強くこすれあう。

尖端がついに継海の最奥に届いたとき、強烈な快感がきて、継海は声も出せずに首を仰け反らせて喘いだ。

「――っ……！」

少し体位を変えてほぼ横臥で容赦なく抉られ、奥の襞に嵌められた状態で揺さぶられる。

「こんなふうに奥揺らすの、どう？　気持ちいい？」

継海は声も出せずに、首筋を粟立たせてうなずいた。そこをまた清史郎が噛みつくように嬲ってきて、その少し乱暴なくらいの愛撫にどうしようもなく感じてしまう。

「継海さん、イきそうだね」

清史郎がくれる快感に夢中になり、息を継ぐのに必死で意識が朦朧《もうろう》とする。

「……あ……あぁ、イく……」

耳元で「いいよ、イって。俺もイく」と清史郎が囁いて、継海のペニスを手淫した。もうすでに淫蜜がたっぷりと溢れていて、うしろを突かれながらその今にも弾けそうな硬茎をぬるぬるとこすられると、腰が抜けそうなくらいにたまらなくいい。

最後の律動に身を任せて、清史郎がくれる快楽の海に身を投げて耽溺する。

「あぁ、あっ、あぁっ……んっ……！」

清史郎にしっかりと抱きしめられて、しあわせの中で絶頂すると、清史郎も継海の最奥に押しつけたまま白濁をしぶかせた。


チェックアウトぎりぎりの時間にホテルを出て、ふたりはマンションへ帰るために電車に乗った。朝の太陽がうるさいくらいに眩しく感じる。

「ああいうホテルん中いると、窓がないから朝とか夜とか関係なくなるな」

「まぁ、そういうための場所なんで」

ふたりの気持ちを確認しあったあとの三時間あまり、互いの身体に夢中だった。

世間は日曜の朝で、電車の中は家族連れ、学生の友だち同士、デート中のカップルなど、休日らしさに溢れている。

夢とうつつ、そのしあわせな時間の狭間。

ついさっきまで清史郎に組み敷かれて喘いでいたなんて嘘みたいだ。

継海は電車に揺られながらまだそっち側にいたい気分で、清史郎にされたいやらしいことや、囁かれた甘い言葉をとめどなく反芻《はんすう》した。

「継海さん」

呼ばれて横を振り向くと、清史郎がこちらを見つめている。頭の中はえっちな妄想でいっぱいだったから、涙目なのがバレないかとちょっとどきっとした。

「今日、何しますか？　日曜ですから出掛けてもいいですし、自宅でだらだらでも」

継海は「んー……」と唸った。

ふたりでちゃんとデートをしたことがないので、たとえば映画を観に行くとか、お互いの服を選ぶとか、一日あればできそうなことはいろいろある。

「継海さんのおねえさん方をお誘いして、うちで晩ごはんでもいいですよ。はじめてお会いした日になんのおもてなしもできなかったので。さすがに継海さんのご家族に対して嘘でごまかすのは気が引けてたけど、継海さんと俺の仲は、もう本物なので」

清史郎の言うことは納得できるが。

「ねーちゃんたちかぁ……また今度誘おうかな。俺の家族のことも大切に思ってくれる清史郎の気持ちはうれしいけどさ……俺としては、今日はおまえとふたりで……いたいかな」

正直、まだいちゃいちゃしたいし——継海が最後にそう耳打ちしてほほえむと、清史郎は気恥ずかしそうに笑う。そんな清史郎を見て、継海は胸に小波が立つような心地がした。

清史郎の横顔が、月並みな言い方をすると、すごく、すごくかっこいい。もともといい男だけど、やばいくらいかっこいい。

ほほえみを浮かべる目尻がやさしくて、声があたたかくて、雰囲気もやわらかくて、彼のすべてにほれぼれするほどだ。

「なんか……不思議とぜんぶがいつもと違って見える。なんだろ……どうしちゃったんだろうな。

太陽もやたら眩しいし、そこらへんの高校生もカップルも親子連れも、みんなしあわせそうで、きらきらしててかわいくて、俺のツレはいつにも増して最高だ」

清史郎はあいかわらずてれくさそうだけど、その顔にまたきゅんとさせられた。

明るい色のフィルター越しに見ている世界みたいに、すべてが煌めいている。

「なんか、世界が変わった？」

「自分が最高にしあわせだと、周りもしあわせに見える、ってことじゃないですか？」

おだやかな清史郎の言葉が、とてもしっくりきた。

「今からうちに帰るのも、特別なことに思えるよ」

「特別ですよ。だって俺たちの同棲生活は、これから始まるんですから」

清史郎にそう言われて、継海は目を瞬かせた。

「そうだな……俺たちもう、ニセ同棲じゃないんだ」

お試しのおつきあいでもなく。

「同棲してる恋人同士です、普通の」

見つめあって、ふたりでてれ笑い。電車の中じゃなかったら、キスできたのに。

継海は清史郎の肩口に顔を寄せて「あらためまして、よろしく」と囁いた。

何食わぬ顔をして姿勢を戻しつつも、いっときも離れたくなくて腕を清史郎にくっつける。

「やっぱ、寄り道して乾杯のシャンパンくらい買って帰るか」

「だったら目黒駅のほうですね」

「外デートはまた今度な。今日は簡単なおつまみ作って、昼間っからちょっとだけ飲んで、爛れた生活しちゃおうぜ」

「いいですね。賛成です」

しあわせを運ぶ電車に揺られて帰ろう。新しくスタートする、ふたりが暮らす部屋へ。

あとがき

こんにちは、川琴《かわこと》ゆい華《か》です。

ありがたいことにクロスノベルス様で二冊目を出していただきました。

今作『好きも積もれば恋となる』を手に取っていただきありがとうございます！　お楽しみいただけましたか？

今回は恋人ではない人と同棲です。

それって同棲なの？　ただの同居じゃないの？　首を傾げますよね。清史郎《きよしろう》が「同棲です」と言っているので、読者様もがんばってついてきてあげてください。

本編はすべて受けの継海《つぐみ》視点なのですが、SSペーパーや小冊子などの一部を攻め視点で書かせていただきました。攻めの清史郎視点で書くと、ちょっと変態臭が……濃いです。「おへそ舐めさせて」なんてお願いするような一途な変態（褒めてる）というのは分かってたんですけど、あらためて、濃いです！　そちらもお楽しみいただけるといいな。

一方、「俺はひとりでいいですけど何か」みたいな受け・継海は、相手が1％の可能性に賭ける固執系変態の清史郎じゃないと恋愛できないタイプなんだと思います。割れ鍋だろうとお構いなしにぐいぐい蓋をするような人にしか、きっと落とせない。ニセ同棲の頃からなんだかんだいいつつもうまくいっている仲良しカップルにしか見えなかったので、末永くおしあわせに～ですね！

今作のイラストを描いてくださった秋吉《あきよし》しま先生。色っぽい男性を描かれる素敵な漫画家さんだなぁとコミックス等拝見しておりましたので、組ませていただきとてもうれしかったです。清史郎のクールな表情はかっこよくて、継海の表情がくるくる変わるかんじがかわいい♪　一緒にお仕事できてしあわせです。ありがとうございました。

担当様。プロットでだいぶお手間を取らせてしまいましたが、そのあとは順調にここまで来てほっとしています。ありがとうございました！

最後に読者様。ここまでおつきあいくださり、ありがとうございます。お手紙やＳＮＳで本作のご感想をいただけたらうれしいです！

またこうしてみなさまとお目にかかれますように。

川琴ゆい華

CROSS NOVELS既刊好評発売中

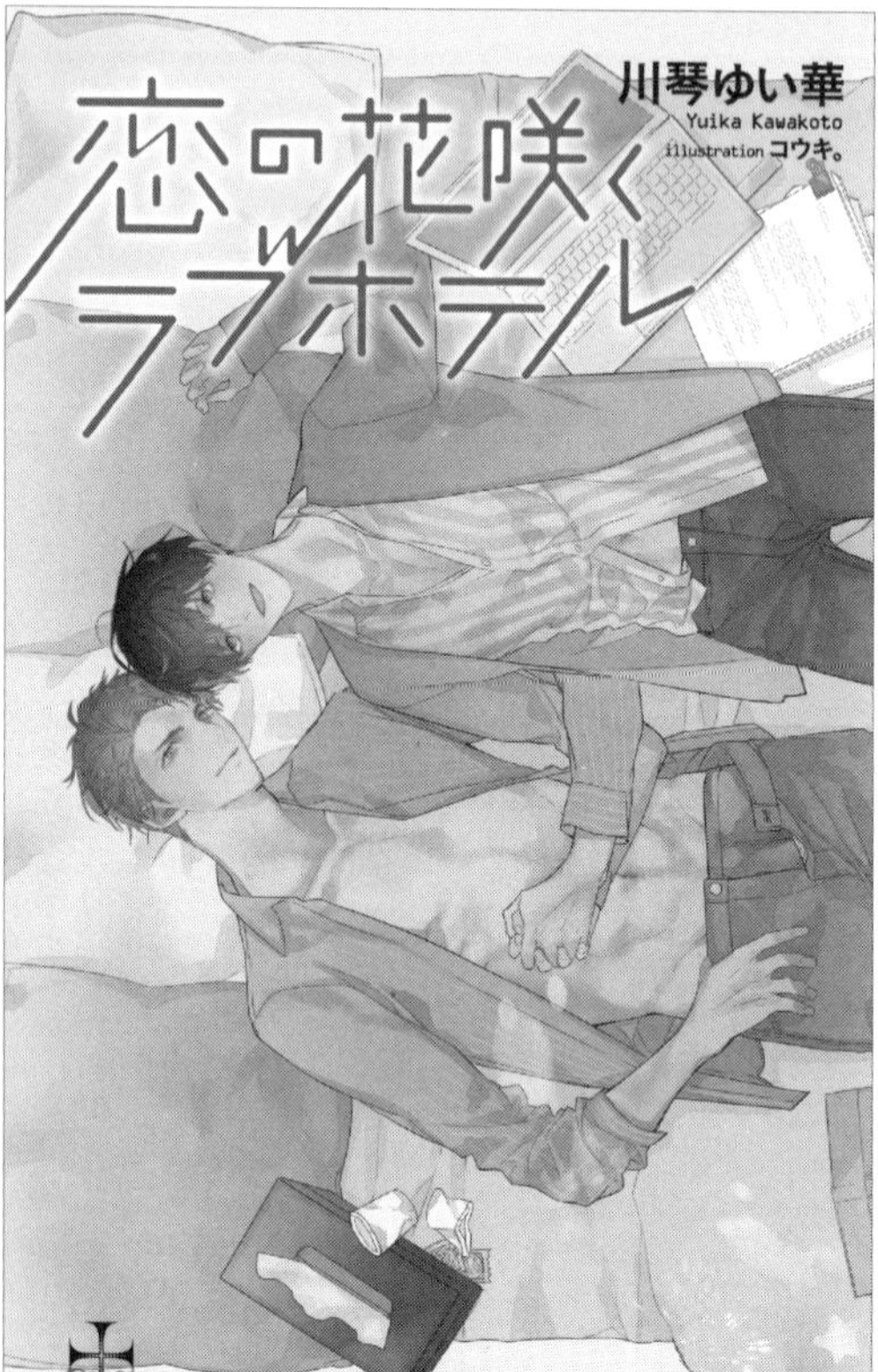

これがいわゆる『彼氏み』……!?

恋の花咲くラブホテル

川琴ゆい華

Illust コウキ。

ラブホテルの空き部屋で執筆することになった恋愛小説家の凌。

オーナーの吉嵩に可愛いと甘やかされ、食事の用意からえっちなお世話まで!?

吉嵩はさらに「俺とのこと芸の肥やしにでもすればいいじゃない」と迫ってくる。

ファーストキスも奪われ、実は童貞なこともばれてしまった！

この気持ちは恋なのか、恋愛経験ほぼゼロな凌にはわからないのに、ドキドキは抑えられなくて……。

ちょっとえっちな溺愛ラブコメディ♡

CROSS NOVELSをお買い上げいただき
ありがとうございます。
この本を読んだご意見・ご感想をお寄せください。
〒110-8625
東京都台東区東上野2-8-7　笠倉出版社
CROSS NOVELS 編集部
「川琴ゆい華先生」係／「秋吉しま先生」係

CROSS NOVELS

好きも積もれば恋となる

著者
川琴ゆい華

2019年10月23日　初版発行　検印廃止

発行者　笠倉伸夫
発行所　株式会社　笠倉出版社
〒110-8625　東京都台東区東上野2-8-7　笠倉ビル
[営業]TEL　0120-984-164
FAX　03-4355-1109
[編集]TEL　03-4355-1103
FAX　03-5846-3493
http://www.kasakura.co.jp/
振替口座　00130-9-75686
印刷　株式会社　光邦
装丁　磯部亜希
ISBN　978-4-7730-6004-1
Printed in Japan